LA CATHÉDRALE DES NOIRS

Belleville, quartier de Paris, est un carrefour de cultures où différentes communautés vivent en harmonie. Fenêtre ouverte sur toutes les villes, en mouvement perpétuel, où les gens de passage construisent, mettent en friche et reconstruisent...

Belleville éditions publie une littérature étrangère populaire. Des voix incontournables de notre temps qui nous emmènent en voyage dans les cultures d'ailleurs. Des textes humains et sans filtre pour une meilleure compréhension du monde.

Titre original : La Catedral de los Negros

Première publication par Corregidor

Illustration de couverture
par Carlos Alberto Felipe Leal

Ce livre a bénéficié d'une aide à la traduction
du Centre National du Livre.

8 bis rue Abel – 75012 Paris

MARCIAL GALA

LA CATHÉDRALE DES NOIRS

TRADUIT DE L'ESPAGNOL (CUBA) PAR MAÏRA MUCHNIK

Cuba a ses cathédrales dans le futur.
José Lezama Lima

PREMIÈRE PARTIE

Maribel García Medina

Il n'y avait pas que David King et Samuel Prince, il y en avait une autre aussi, plus âgée, elle s'appelait Mary Johannes… ou plutôt elle s'appelle, parce qu'elle est encore vivante et d'ailleurs elle s'en sort mieux que nous tous. Un jour ils sont arrivés à Punta Gotica dans leur vieux camion Ford immatriculé à Camagüey. Je les revois en train de décharger tout leur bazar. Je me suis dit d'emblée : *Trop de meubles pour quelqu'un qui déménage dans un quartier pareil.*

Yohandris Carlos Fernández Ramírez, alias Le Boyau

Moi, je jouais au foot quand ils sont arrivés. « Ça me dit rien qui vaille », j'ai pensé en voyant la fille à l'avant du camion, en train de brasser l'air avec son éventail et de regarder le quartier comme si on l'avait tout juste déposée devant les portes de l'Enfer. « Et une pouffe de plus », j'ai dit à voix haute avant de reprendre mon ballon. Les gars n'étaient que des enfants à l'époque ; le Grillon, l'aîné, avait déjà sa tête de dingo. « Celui- là je vais me le faire, je vais le tailler comme un palmier » j'ai pensé, parce qu'il était très grand. « le Boyau, m'a dit

Nacho les Babouines, mate un peu la girafe ! », puis il m'a fait une passe.

Maribel García Medina

Ça fait longtemps que je vis là, mais c'est pas pour autant que je suis une vieille peau, le truc c'est qu'avant que la racaille débarque, ici, c'était l'escale des marins, au temps de l'autre gouvernement ; y habitait un neveu du président Machado en personne, qui connaissait même le fils de Martí, Ismaelillo, et franchement, Martí n'avait pas l'air d'être aussi célèbre que maintenant où on te le sert à toutes les sauces, tu peux même pas allumer la télé sans qu'il y en ait un pour dire : « comme disait l'apôtre » alors bon, c'est un peu fatigant à la longue. D'après ce qu'on raconte, Ismaelillo louait des chambres, et le neveu de Machado était un de ses clients, il lui devait au moins six mois de loyer. Il ne les lui a pas réclamés parce qu'un jour où il est allé lui-même le mettre à la porte, toutes les œuvres de Martí étaient là, dans une bibliothèque, bichonnées comme si c'était de l'or ; et Ismaelillo, pris par les sentiments, a pardonné au parent de Machado qui, tout bien réfléchi, était sûrement un neveu par alliance, parce qu'aussi radin qu'ait été l'ex-président, il allait pas laisser le fils de sa sœur parqué dans un de ces cagibis où c'est l'enfer les jours de chaleur, quelle histoire je vous jure. Mais pour revenir aux Camagüeyens, quand ils sont arrivés, ça faisait trois mois que je m'étais disputée avec Chago, alors bon, j'en voulais à tout ce qui venait de la province d'Oriente, donc quand on m'a dit qu'ils étaient de par là-bas, je suis allée admirer le déménagement, surtout pour lancer une pique ou deux et voir si la nouvelle voisine était en veine de se chamailler et de me toucher deux mots, qu'on sache sur-le-champ que c'était des ploucs.

Berta

Moi je les ai pas vus arriver, j'étais à l'école, c'est ma mère qui m'a raconté que chez le défunt Castillo s'était installée une famille avec une fille d'à peu près mon âge, mais qu'elle ne voulait pas de copinage d'emblée. « Il faut d'abord apprendre à connaître les gens, c'est pour ça qu'il t'arrive tout et n'importe quoi, à force de trop faire confiance. » Je lui ai dit d'accord, de toute façon je ne voulais connaître personne, mais bref, après avoir enlevé mon uniforme et m'être changée, comme je n'avais rien à faire, je me suis assise devant la porte et j'ai regardé en direction de chez Castillo – un vieux qui, selon les mauvaises langues, était mort d'une cirrhose.

Maribel García Medina

On aurait pu éviter tout ça si on ne leur avait pas déroulé le tapis rouge, mais dès qu'ils sont arrivés, avec leurs pantalons chics et leurs tronches de trouble-fêtes, les gens du quartier se sont mis à leur lécher les bottes. *T'as déjà fait la connaissance des Camagüeyens ?* m'a demandé Lucy, celle qui vend des chewing-gums, en allant porter une assiette de gâteau à la patate douce à la jeune fille, qui, d'après sa mère, avait une santé fragile. Moi je l'avais vue la donzelle, et elle avait l'air solide comme un roc, mince et les yeux en amande, noire, jolie d'accord, mais prétentieuse ; elle vit en Italie maintenant, toutes les filles comme elle partent là-bas.

Le *Camagüeyen* mangeait Jésus-Christ matin, midi et soir : il en avait toujours plein la bouche. Le jour de leur arrivée, il a lâché cinq pesos aux gars qui jouaient au football pour qu'ils l'aident à décharger son attirail, puis il est venu nous saluer. Il avait un sourire cordial, la main menue, forte et sèche. « Que Dieu vous bénisse, dit-il, je m'appelle Arturo, et voici ma femme, Carmen. » « Que Dieu vous bénisse », dit également Carmen, qui marchait quelques pas en arrière, on voyait bien qu'elle était trop canon pour un type comme lui, la cinquantaine bien tapée, on sentait que ça allait mal finir. Quand elle a présenté les enfants, j'en suis restée bouche bée, on n'aurait pas dit les siens. Ils étaient grands tous les trois, surtout l'aîné des garçons, David, une grande perche qui n'avait que treize ans. Le cadet, Prince, nous a tendu une main délicate, un peu moite de sueur, et nous a regardés avec les mêmes yeux en amande que la mère et la sœur, et j'ai pensé : *Celui-là, il est pédé.*

— Vous pourriez m'indiquer, s'il vous plaît, où se trouve l'église du Saint Sacrement ? a demandé le type.

— L'église du Saint Sacrement ? Il n'y a jamais eu de ça ici, lui ont-ils dit.

Le Boyau

Barbarito, le fiston de la Lupe, l'a baptisé *Gélatine* depuis qu'il l'a vu lire en pleine journée, comme s'il n'y avait pas une partie de foot à jouer, une fille à reluquer, un cerf-volant à lancer, un pet à lâcher, il m'a dit : « le Boyau, celui-là, si c'est pas une princesse il connaît le palais », sans compter que le gars s'affichait avec de petits pantalons moulants et un peu courts, insensés. *C'est la mode à Camagüey.* Berta ajoutait son grain de sel, elle qui déjà à l'époque prenait sa défense en disant qu'il ressemblait à Michael Jackson avant qu'il déteigne, qu'il était noir et beau mec comme personne dans le quartier, qu'il était à croquer ; « pas comme son frère, celui-là il a un grain, ça se voit. »

— Lui il a « la Bayamaise » dans l'âme, a insisté Barbarito. Tu verras.

Alain Silva Acosta

En réalité, nous n'étions que des innocents, même si à l'époque déjà, nous n'avions aucun avenir. « SI T'ATTERRIS ICI, C'EST POUR LA VIE », quelqu'un l'avait écrit sur le mur d'une maison, et c'est vrai que le quartier était chaud, vraiment chaud. Naître noir, c'est déjà être dans le pétrin, alors imagine si en plus tu dois vivre dans les baraquements d'un quartier pareil ; pourtant moi, j'ai fait des études, je suis psychologue, j'ai même un master en gestion d'entreprise, j'aurais pas dû finir dans la mouise à ce point. Mais avec un salaire de quatre cents pesos non convertibles en dollars, tu peux pas faire des miracles. Impossible, l'Armageddon t'emportera. Je ne les avais pas vus arriver ; ils ont fait appel à moi quand le plus jeune d'entre eux, Prince, a fendu le crâne de Bárbaro, le fiston de la Lupe. Avec un livre, terrible, du sang partout, alors j'ai dit : « Ici, il va y avoir un mort », parce que la Lupe, elle y comprend rien, c'est une grosse bonne femme noire, avec de ces bras… on dirait Mohammed Ali ! Et une rage, ma foi, elle a l'air… je ne sais pas, d'une mégère, et c'est peu dire. « Sa maman est au courant ? » j'ai demandé en nettoyant la blessure du garçon.

— À cette heure-là, elle tapine encore.

— Quand elle l'apprendra, ça va chauffer, j'ai dit.

— Ce Gélatine, il va me le payer, je vais l'obliger à me sucer la bite, putain, je vais le défoncer, putain de merde, a dit Barbarito, mais avec ses yeux embués, on se le figurait assez peu capable de faire du mal à qui que ce soit.

Le Boyau

Gélatine, parce qu'on aurait dit un machin opaque comme de l'eau, sauf que quand tu regardes bien tu t'aperçois que c'est gros, visqueux et lourd ; Gélatine, parce qu'il nous observait avec ses longs yeux de biche, qu'il était tout mince, souriait pour un rien et te flanquait ensuite des raclées terribles. Il savait y faire, pas avec les mains, mais en attrapant des pierres, du sable, des bâtons, des boîtes de conserve, ce qui se présentait. Barbarito, il l'a cogné avec la tranche du livre, un coup rapide, habile, adroit, à croire qu'il s'était beaucoup entraîné. « Ce mec a de l'avenir dans le quartier, j'ai pensé, à moins que la Lupe ne les vire tous les cinq à coups de pied dans le cul, leur tape un tel scandale qu'ils prennent leurs cliques et leurs claques et repartent dare-dare à Camagüey, parce qu'ils n'ont pas l'air d'avoir assez de répondant pour tenir tête à la gueulante de la Lupe quand elle aura appris pour le crâne ouvert de son fils et que bien campée sur ses jambes, elle réclamera les coupables en vociférant, et en envoyant tout le monde se faire enculer, et se faire foutre tous les putains de ta mère d'habitants de Camagüey, d'Avila, de l'est et même les Haïtiens. »

Aurora, une voisine

Ils étaient à Cienfuegos depuis trois jours qu'ils avaient déjà fracassé la tête à quelqu'un, et pas à n'importe qui : à Bárbaro, le fils de la Lupe, le beau-fils d'Urbieta. Ce jour-là, les parents et la jeune fille, Johannes de son prénom, que je n'ai jamais pu saquer, étaient sortis. Dans la maison, il n'y avait que les deux fils, les garçons, et donc le plus jeune, après que Bárbaro est sorti en poussant des cris et en pissant le sang, est rentré comme si de rien n'était ; je crois qu'il s'est mis à regarder la télévision. Il n'a pas dit : *Moi, celui qui me traite de pédé, je le tue*, il n'a pas dit : *Je suis pédé mais que celui qui ose me le dire en face me baise ou je le tue*, il n'a pas dit : *Moi on me doit le respect*, il n'a pas dit : *Vous êtes un malpoli* ; rien de tout ça, quand Bárbaro s'est approché et lui a dit : « Toi t'as tout d'une petite gélatine, qui donne qu'une envie c'est de se l'enfiler, t'es meilleur que ta sœur et vu le morceau, c'est pas peu dire », il a tout simplement soulevé le livre, il l'a mis de biais et, à une vitesse qui nous a estomaqués, il l'a laissé retomber et c'en était fini la frime de Barbarito, finie de chez finie.

Maribel García Medina

Mais enfin, quel est le negro qui aurait l'idée d'appeler ses fils David King et Samuel Prince ? De quoi les condamner à croire que tout leur est dû. Moi j'aurais appelé le premier Nardo et l'autre Paco, et on n'en parle plus, et si ça leur plaît pas, qu'ils aillent voir ailleurs si j'y suis, quoiqu'en y réfléchissant bien, quel que soit ton prénom, t'es bon pour être dans la merde ou qu'on t'y mette.

C'était un de ces livres à couverture dure, pas une Bible, ni un tome des œuvres complètes de Martí ; c'était un truc de poésie, j'en suis sûre parce qu'il y avait plein de dessins en couverture et ça avait pas l'air d'un machin très sérieux, bref, Bárbaro y a vu un sacré bouquin. *S'il a pas retenu l'alphabet aujourd'hui, plus moyen qu'il le retienne*, je me suis dit. Il faut être très couillu pour frapper quelqu'un comme ça alors que tu viens d'arriver, très couillu ou très peu au fait de la façon dont les choses se passent dans un quartier comme celui-là, il faut être de Pinar del Río plutôt que de Camagüey.

Bárbaro Suárez Rosales

« Tape-le, cogne-le sec au ventre, puis emmène-le jusqu'à la ligne de chemin de fer, écrase-lui la tête contre les rails et attends que le train arrive pour l'obliger à mettre une jambe sur la voie ferrée – s'il est gaucher, la gauche, s'il est droitier, la droite –, ensuite tu lui pisses dessus, d'abord une fois, puis une autre, tu lui pisses dessus et si t'as pas eu ton compte, chie-lui à la gueule, mais ne le laisse pas te toucher le cul pendant que tu chies, il s'agirait pas qu'on te prenne pour un pédé, finis-le ce vaurien, finis-le, qu'on te respecte putain, qu'est-ce qu'ils croient ? » Voilà ce que m'a dit ma mère quand Gélatine m'a fracassé le crâne, puis elle a ajouté : « Allez, montre-leur que t'as des couilles, va lui casser la gueule, et celui qui s'en mêle, je le défonce. »

« Allez. »

Le Boyau

Quand ils sont arrivés, c'était l'heure d'*Aventures*, pas celles de maintenant que plus personne se cogne, mais celles d'avant, celles des frères Villalobos, et nous, les gars, on était tous concentrés sur la télé. Pourtant, les trois coups à la porte ont retenti comme la canonnade de 21 heures.

Bárbaro Suárez Rosales

Le dénommé Arturo nous a ouvert.

— Que Dieu vous bénisse, que désirez-vous, braves gens ? nous a-t-il demandé avec cette façon de parler bien à lui, tellement suave qu'on aurait cru qu'il avait un étron coincé dans la gorge.

— Je ne crois pas plus en Dieu qu'en la mère qui m'a mise au monde, a dit ma mère. Et arrêtez votre baratin, vu que votre brute de fils a fendu le crâne à Barbarito, il va devoir se battre, parce que Barbarito n'a rien d'une mauviette, on lui doit le respect. Alors vous allez nous la montrer votre fleur de maïs de fils oui ou merde ? Je vais péter un câble et t'retourner tout ce bordel.

Je vais péter un câble et t'retourner tout ce bordel.

Elle parlait comme ça ma mère. Et puis, quand elle a eu son hémorragie cérébrale, Urbieta, qui était déjà sorti de prison, l'a quittée pour une autre, et ma mère, à cinquante ans et des poussières, a dû s'atteler à nettoyer des sols, des sols de blancs, et comme elle était un peu atteinte, un peu débile, personne ne la respectait. « La Lupe, ton fils est un travelo, ils lui disaient, un pédé. »

— Jure-moi que c'est pas vrai, disait-elle dès qu'elle me voyait franchir cette porte.

— Bien sûr que c'est pas vrai, je lui assurais. Je suis un homme, mon truc à moi c'est l'art, je me maquille et je m'habille en femme par amour de l'art.

— C'est ce Gélatine qui t'as mis dans le chaudron, qui t'a jeté un mauvais sort, ce salopard. Toi t'étais un vrai mec, mon fils, un vrai de vrai. T'as jamais aimé la bite toi, je le sais, jamais.

— Non maman, disais-je en fermant les yeux, et je me revoyais en cet après-midi d'avril, quand ma mère et moi étions allés chez les Stuart pour lui démolir la face, à Gélatine.

— David King, venez ici, a demandé Arturo Stuart.

Et le Grillon a passé sa tête de fou.

— C'est pas lui, j'ai dit. C'est l'autre.

— Comment ça l'autre ? a dit le père. Regarde-le bien mon garçon, c'est sûrement celui-ci.

— Non, j'ai dit. C'est l'autre, le tout doux.

— Impossible, l'autre est un garçon irréprochable.

— Irréprochable, mon cul, a dit ma mère. Faites-le sortir avant que j'aille le chercher moi-même.

— Entre, David King, a dit l'homme, puis : Écoutez, madame, pourquoi ne pas résoudre cette affaire à l'intérieur, je suis certain qu'avec l'aide de Dieu nous réussirons à nous entendre.

— Certainement pas, a riposté ma mère. Dites à votre brute de fils de sortir une bonne fois pour toutes, sinon j'entre et j'en fais mon affaire.

— Je suis désolé, mais vous ne rentrez pas chez moi sans ma permission, et je vous assure que votre fils doit se tromper. Samuel Prince est incapable de traiter de cette façon l'un de ses semblables… Entrez calmement et arrangeons cela. Après tout, nous ne sommes pas des animaux, en nous habite l'esprit de Dieu.

— En vous peut-être.

— Entrez, l'homme insistait, s'il vous plaît.

Maribel García Medina

Un type qui règle tout avec de l'argent comme les vrais blancs de Punta Gorda… C'était son défaut ou sa qualité, tout dépend du point de vue. Il a versé cinq cents pesos à la Lupe pour qu'elle se tienne tranquille, c'est ce qu'elle a raconté en tout cas, peut-être qu'elle s'est contentée de cinquante ; jolie et tout, la Lupe a toujours été une traînée, alors que moi, il lui aurait fallu me tuer avant : celui qui touche à un de mes enfants je lui arrache la cervelle. « Ce type est un vrai pigeon », la rumeur s'est répandue dans le quartier, et les vendeurs se sont mis à faire le siège devant sa porte, si quelqu'un fauchait une bicyclette ils allaient le voir : « Arturo, ça vous dit pas une bécane ? Attention, c'est du tout neuf et ça sort du *shopping center.* » Si une femme était nouvelle sur le trottoir, elle profitait de l'absence de Carmen pour aller le voir : « Dites, Arturo, j'ai besoin de cent pesos et je n'ai pas de quoi payer… bref, mon corps est à vous. » Mais lui : « Que Dieu vous bénisse, frères », il donnait la même réponse à tout le monde, sans se mouiller dans aucun trafic ; quant aux putes, elles ont vite fait de ne plus lui rendre visite. C'est à ce moment-là que ça lui a pris et que le plus grand des garçons s'est mis à chanter ; alors on l'a surnommé le Grillon parce que ce qui sortait de sa bouche, c'était de la confiture de framboises. Il aurait pu être dans un groupe de reggaeton : ce qu'il envoyait, c'était pas rien !

Le Boyau

Grillon, on l'a accepté dès le départ. Il était à moitié fou mais au moins il avait pas l'air d'un pédé et son jeu au foot était passable. Même si son truc à lui c'était le baseball. Quand on lui a dit : « Écoute, mec, dans ce quartier, on joue pas au baseball, si c'est ce que tu cherches, il va falloir que tu te casses d'ici », ça l'a un peu attristé mais ensuite il a oublié. Moi j'étais sûr qu'il était légèrement attardé, comme mon frère Tete qu'on a envoyé au Tato Madrugada, l'internat pour gogols, et je l'interrogeais : « Dis-moi Grillon, combien ça fait six fois six ? »

Il répondait :

— Trente-six.

Et je me disais : *Ça peut pas être trente-six, ce débile est pas aussi calé*, mais quand j'en parlais à d'autres, ils répondaient que ça faisait trente-six depuis des lustres et que ça avait pas dû changer depuis, à moins qu'ils aient réformé les mathématiques et que la nouvelle ne soit pas encore arrivée jusqu'à Punta Gotica.

Puis je lui demandais :

— Dis-moi Grillon, l'Amérique, qui l'a découverte ?

— Colomb, disait-il.

— Et Colomb était blanc ou noir ? je lui demandais.

— Blanc, le Boyau, blond aux yeux bleus.

Bref, il en connaissait un rayon pour un toqué, parce que pour être toqué, ça, il l'était, mais je le trouvais sympa ; c'est l'autre que je pouvais pas encadrer, il était trop beau, toujours propret, toujours en train de lire, ses parents le traitaient avec plus d'égards que la fille, un vrai canon celle-là…

Maribel

Il détestait que son fils chante. Si par hasard, en rentrant du travail il entendait la voix du Grillon, il saluait tout le monde : « Que Dieu vous bénisse », puis disait : « On a assez d'un artiste dans la famille ; file, David King », et le jeune homme rentrait chez lui tête basse sans oser regarder son père. Rapidement, on a su qu'il le frappait, c'est le Boyau qui nous l'a dit ; il est monté sur le toit, s'est penché par une fenêtre et a vu le vieux Stuart défaire sa large ceinture en cuir pour fouetter son fils dans le dos. Après ça, on a pensé que le Grillon ne chanterait plus, mais le gars avait une véritable obsession. Dès que le vieux Stuart sortait avec ses outils en direction de l'atelier, le Grillon se mettait à chanter. Il se fichait que ce soit une chanson de Marco Antonio Solís ou un boléro de Orlando Contreras, il se fichait qu'Aurora, la mère de Berta, sorte sa guitare, ou que Nacho les Babouines entame une rumba sur un *cajón.* S'il n'y avait pas d'accompagnement, il se lançait à capella, le Grillon chantait quand ça le prenait. La mère ouvrait la porte et disait : « David, s'il te plaît, arrête, tu sais bien qu'après, c'est à moi qu'il s'en prend ton père. »

Ibrahim Salazar

Église du Saint Sacrement du Christ Ressuscité… Quand Stuart est arrivé de Camagüey, les habitants de

Cienfuegos n'étaient que quelques dizaines, pas plus, à avoir entendu parler de notre congrégation, et on n'atteignait pas les vingt membres dans toute la province – dont huit habitaient à Aguada et trois à Cruces, très difficile donc de compter sur eux pour les aspects pratiques. Le pasteur des fidèles de Cienfuegos s'appelait Basulto, c'était un jeune intelligent mais au caractère froid et peu expansif. Arturo Stuart avait un don pour les foules et du charisme, c'était un leader naturel, et une église comme celle-là, sacramentaire, rien moins qu'un strict retour au rite grec ancien, allait comme un gant à quelqu'un comme lui, attaché à l'étiquette et au mystère. Et puis, il pouvait compter sur son fils. Prince. Le jeune homme savait parler. Il savait convaincre. Il avait lu la Bible attentivement et savait réciter des versets à bon escient. Même ses frères et sœurs le regardaient médusés, comme si l'ange du Seigneur en personne s'exprimait par sa bouche. Ça plaisait, le Cubain est un être aux penchants mièvres et sentimentalistes, et le dimanche, jour du culte, la maison de Basulto se remplissait. Qu'Arturo ait consolidé des liens d'amitié avec des pasteurs de notre dénomination dans plusieurs États nord-américains y était bien sûr pour quelque chose, et ceux-là ont commencé à envoyer des dons, ou des aides comme on les appelait aussi : ça allait des rasoirs électriques, savons, jouets pour enfants, chaussures, vêtements et ustensiles de cuisine, aux Bibles, livres du culte et vidéos, que nous n'avions qu'à regarder pour nous convaincre du pouvoir de l'église sacramentaire aux États-Unis. En six mois, nous sommes passés de vingt à presque mille personnes ; peu, en un sens, mais pour une congrégation aussi sévère que la nôtre, nous étions légion. Ainsi, la maison de Basulto, bien que spacieuse, a fini par ne plus suffire du tout, et nous avons décidé d'organiser le culte chez María Elizabeth, une sœur au grand cœur.

Ricardo Mora Gutiérrez, alias le Gringo

J'en étais à mon premier type zigouillé. Je lui avais tranché la gorge. Tant que ses yeux ne s'étaient pas mis à ressembler à ceux d'une vache à l'agonie, j'avais pas lâché. « Ça, ça t'apprendra à être un bon toutou », je lui ai dit, puis j'ai nettoyé la lame sur le pull sans manches dans lequel il était venu se pavaner.

— Et maintenant, qu'est-ce qu'on fait, Gringo ? m'a demandé le Goret.

— Rien de plus simple, on va le hacher. Il est venu de Cabaiguán, alors personne va le regretter. Tu verras. Prends le vélo, mais pédale doucement, que personne ne t'aborde, et va leur dire à ces abrutis qu'on a de la viande de premier choix. Quand t'auras fini, va à la cachette et ramène les grands couteaux. Mais avant, lave-toi et change-toi, tu pues l'eau-de-vie à des kilomètres.

— Mais puisqu'on n'en a pas, a dit le Goret.

— Mais puisqu'on n'a pas de quoi ? Du savon ?

— De la viande, Gringo, de la viande.

— Et ça ? j'ai dit. C'est de la viande de premier choix.

— Putain, Gringo, t'es un génie.

— T'y comprends rien… Allez, bouge-toi, mais sans t'énerver. En attendant, moi je m'occupe de préparer notre veau.

Venir de Santiespíritu pour crever ici, il y en a qui sont vraiment couillons, j'ai pensé en regardant le cadavre, qui se retrouvait avec une tête de crétin à faire presque pitié, mais : « Baisons tant que nous sommes en vie… », disait ma mère, et celui-là il était venu pour nous baiser, alors il était aussi bien mort.

La première chose que j'ai faite c'est de lui retirer sa chaîne en or, puis j'ai sorti la liasse de billets de son sac à dos et j'ai trouvé son flingue, un Makarov – de ceux qui se bloquent presque à chaque coup. *Mais t'es un sacré crétin*, je me suis dit, *quelle idée de ranger un pistolet dans son sac à dos, il y a une marée de cons à Cabaiguán.*

« Mon frère, tu sais où on peut acheter une moto, mais une bonne marque, une MZT ou quelque chose dans le style, pas de Carpati ni de Benjovina ? » m'avait demandé le type juste à l'entrée du *shopping center* Mimbre. Moi je vendais des lunettes, mais dès que je l'ai vu, j'ai compris : *Ce péquenot a de la thune.*

— J'ai peut-être un tuyau, je lui ai dit, qui sait ? Personne peut le dire. Il n'y a que Dieu pour être devin.

— Mais elle doit avoir tous les papiers en règle. Je suis venue de Cabaiguán parce qu'ils m'en avaient mis une de côté et quand je suis arrivé, la transaction n'avait pas été finalisée.

— Celle-là a tout ce qu'il faut, elle n'attend plus que d'être montée par un type comme toi… elle est presque neuve.

— Ça, ça me plaît. C'est une MZT ?

— Non, une Halidavison que mon cousin, le marin, a ramenée de Panama.

— Vraiment ?

— Si je te le dis.

— Elle doit être très chère.

— Non, presque comme une Jawa, une moto de dingue j'te dis, quand Monsieur arrivera à Cabaiguán sur cet engin, tous les ploucs seront sur le cul.

— Allons la voir.

— T'as l'argent sur toi ? je lui ai demandé, et le gros crétin a répondu oui, puis il a dû voir quelque chose dans mes yeux parce qu'il s'est rétracté et a dit qu'il l'avait laissé chez une petite amie au cas où, alors moi : Tu serais pas flic ?

— Flic, moi ? T'es fou, je suis un mec de la rue.

— Ça se voit, mais assez parlé. Allons chez mon cousin pour que tu voies l'engin.

— Allons-y, a-t-il dit, et je l'ai emmené à San Lázaro. Alors lui : « Il habite dans une sacrée zone ton cousin », et moi : « C'est parce que sa femme l'a viré de chez lui, il squatte dans un taudis avec sa moto et tout, et il a peur qu'on la lui vole, c'est pour ça qu'il compte la vendre, pour pas clamser. »

On est arrivé devant la piaule du Goret :

— Cousin ? Hey, mon salaud, t'es là ?

— Quelle surprise, Gringo. Comment va la vie, mon vieux ? a dit la Porcasse avec un sourire jusqu'aux oreilles, pensant que je venais lui réclamer le fric qu'elle me devait – ça se voyait qu'elle avait bu, elle empestait à mort le *Chispa de Tren* et la pisse, alors le péquenot a bad-trippé.

— Je vous attends dehors.

— Qu'est-ce qu'ils boivent ces marins, j'ai affirmé dans un sourire.

— Mais prends un siège, vieux, assieds-toi.

Le péquenot s'est assis, et j'ai demandé à la Porcasse :

— Dis-donc, mon salaud, et la moto ?

Il a failli répondre « Quelle moto ? », mais en voyant mon clin d'œil il a dit :

— Ah, la moto, ben je l'ai prêtée.

— Tu l'as prêtée ? C'est pas des choses qu'on prête. À qui ?

— Au yanqui de Mariana.

— Ah bon, lui ça va, pas de problème… Et quand est-ce qu'on te la rapporte ? C'est que le collègue ici est intéressé.

— Il va pas tarder, le yanqui en avait besoin pour aller à Varadero.

— Avec un matos pareil il est à Varadero en quelques minutes, ce truc trace plus qu'une Ferrari.

— Si elle trace ? Elle vole. D'autant plus que je suis aux petits soins avec elle, elle ne manque de rien.

— Sans compter que la Harley est un classique, ce qui se fait de mieux en matière de moto.

— Je te le fais pas dire.

— Écoute, vas-y, va chercher un petit pack de bières, mais rien que des Bucaneros, j'ai dit, et j'ai fait mine de mettre la main à la poche, mais le péquenot a été plus rapide : « Laisse », il a ouvert son sac à dos et en a sorti une liasse de billets.

Ça a été son erreur, évidemment, il avait l'air si jeune et si fort avec son cou de taureau et ses grandes paluches, il s'y est jeté tout seul, dans la fosse aux lions, à boire de la bière. Quel couillon, j'en reviens toujours pas ! J'ai dû attendre qu'il ait bu trois Bucaneros pour lui dire : « Je vais aux toilettes », me placer derrière lui pendant que le

Goret lui faisait la conversation, sortir mon couteau et l'égorger rapidement pour pas qu'il crie.

Quand le Goret est revenu, j'avais déjà compté l'argent et posé le type à poil sur le plan de travail. « T'as tout pris ? » je lui ai demandé, il a ouvert le sac et m'a montré le marteau, les couteaux et la machette.

— T'as dit aux blaireaux qu'on avait du filet ?

— Oui, bien sûr.

— T'as parlé avec qui ?

— Avec les gens de Punta Gorda, ces blancs vont manger de la viande de mort pendant une semaine.

— Ils méritent pas mieux. Allez on s'y met, je lui ai dit et j'ai pris le grand couteau.

— T'es incorrigible, Gringo.

— Ce que je suis moi, c'est un type plein aux as, je lui ai dit en lui montrant la grosse liasse de billets. Tu sais combien il y en a ? Mille billets de cent.

— Et ça fait combien ça ?

— Combien à ton avis ?

— Je sais pas, à toi de me dire.

— Qu'est-ce que tu peux être bête, la Porcasse, vraiment.

— Heureusement que toi t'es intelligent.

— Eh ben on va voir maintenant si la jolie négresse de Camagüey m'accueille pas les bras ouverts, on va voir.

Le Boyau

Dès qu'il l'a vue, le Gringo, elle lui a plu. « Une renoi qui a la classe, le corps de Beyoncé et le visage d'un ange, elle sera à moi », il a dit, et ça a été comme s'il lui avait jeté un sort, personne dans le quartier n'a osé l'approcher.

— Passe la balle, merde, passe ! je criais au Grillon, parce que c'était ça son problème, il se prenait pour Messi, il n'écoutait personne, pas mal de fois j'ai cherché la bagarre avec lui quand on perdait un match juste parce qu'il se croyait capable de marquer tous les buts comme s'il était Ronaldinho Gaúcho de Assis Moreira en personne.

Moi je l'attrapais par le col : « La prochaine fois, fais la passe ou je te casse la gueule ! » Ça, c'était avant de savoir que sa sœur avait tapé dans l'œil du Gringo, et qu'il était dangereux de menacer le Grillon ou de le frapper, parce que le Gringo était vraiment pas commode, il était initié au *palo* et le gars avait l'air subitement plein aux as ; un jour, il est apparu dans le quartier sur un vélo du *shopping center*, il actionnait la sonnette et criait : « Moi on me doit le respect ! », et tout le monde a su que le Gringo était plein aux as, surtout quand il a invité le voisinage au grand complet à boire de la bière, pompée du camion-citerne bien sûr, pas en canette ni même en bouteille. De la bibine en gros, mais bon au moins, le camion-citerne s'est arrêté, avec le tracteur et tout le tralala, à l'une des entrées du quartier, et on a eu droit à un seau par famille. À dix heures du soir tout le monde était ivre, même les enfants. Ça a fait un sacré bordel. Toutes les familles ont bu, sauf les Camagüeyens, car quand le Gringo s'est pointé devant chez les Stuart avec huit canettes de Bucanero et deux sodas au cola, le vieux l'a pratiquement viré.

Le Gringo

— Bonjour, je lui ai dit.

— Que Dieu vous bénisse, a-t-il répondu. Que désirez-vous ?

— Partager, collègue, partager, j'ai commencé par dire, et ça a été ma première erreur parce que le vieux, il a pas aimé que je l'appelle comme ça.

— Je ne suis pas votre collègue.

— Oui, je sais bien, c'est une façon de parler. Comment voulez-vous que je vous appelle ? Camarade ? Eh ben, c'est pas un problème ; je vous appellerai camarade, point.

— Camarade c'est bon pour les bœufs. Appelez-moi plutôt monsieur Stuart, et si ça vous dérange, appelez-moi Arturo Stuart ou Arturo tout court.

— Comme vous voudrez… Écoutez, monsieur Arturo, j'aimerais partager avec vous ces quelques bières, et ces sodas pour les enfants, puisque je sais bien qu'ils ne boivent pas d'alcool, et parler avec votre fille Johannes, juste une minute.

Le vieux m'a laissé déballer tout ça d'une traite, mais quand j'ai eu fini il ne m'a pas fait entrer, il s'est planté devant la porte comme le gardien du Barça et a secoué la tête catégoriquement. « Vous êtes ici chez une famille chrétienne et nous n'acceptons pas ce genre d'invitation. » Voilà exactement ce qu'il a dit, et qu'on avance l'heure de ma mort si je mens. Ce vieux croulant était la chose la plus imparfaite que j'ai jamais vue. Derrière lui, se tenait son épouse, Carmen, presque aussi jolie que sa fille, mais avec une petite tête d'ahurie à vous faire peur. *D'où il l'a sortie ?* je me suis demandé, *d'une grotte ?* Bref, je n'ai pu voir Johannes que le lendemain devant la porte de l'école.

Elle étudiait la peinture à l'Académie des beaux-arts de la ville, la « Benny Moré », elle était la seule noire à suivre ces études-là ; contrairement à la musique et la danse où c'était la marée de pétrole. Moi j'arrivais sur ma bicyclette, et les filles me regardaient : « Lui c'est le Gringo, quel beau garçon », et elles s'approchaient pour me demander : « Elle est italienne cette bicyclette ? Elle a combien de vitesses ? » J'avais plein de petites blacks après moi, et quelques blanches, mais pour Johannes je n'existais pas. « Quelle orgueilleuse cette blackette », je pensais, « pour qui elle s'prend ? ». Mais elle me tuait avec sa façon de marcher, le pas si agile qu'elle avait l'air de danser.

— Tu délires, m'a dit le Goret. Celle-là c'est une maline, une blackette qu'est pas du genre à goûter aux blacks, tu vois pas qu'elle s'y croit ?

— Putain, sois pas mauvaise, Porcasse.

— C'est que j'ai besoin d'argent, m'a-t-il dit, lui qui avait déjà dépensé les dix mille pesos que je lui avais donnés après avoir descendu le bouseux. Il faut qu'on tue une autre de ces petites vaches… Les clients sont après moi et en redemandent : « Dis donc, Salvador, tu nous trouverais pas une viande comme l'autre fois, du vrai haut de gamme, les touristes étaient très satisfaits, on te la paie le double, mais il faut que ce soit maintenant, pour la haute saison. » Ils sont après moi, et moi je dois les faire patienter.

— On voit bien que c'est ni toi ni eux qui avez dû hacher le mec et en faire du bifteck, mieux vaut aller à la campagne et tuer une vache pour de vrai.

— C'est trop pénible… Il faut marcher comme des malades, et tu peux toujours te faire prendre par les paysans, sans compter qu'il faut transporter la viande dans des sacs en prenant d'énormes risques, et s'ils t'attrapent, t'en prends autant que pour avoir zigouillé un type.

— Parle moins fort putain de Porcasse, tu veux qu'on t'entende ? Je te préviens, si je me fais embarquer par ta faute, c'est toi qui vas finir en filet.

— Ici personne entend que dalle, tout le monde n'a d'yeux que pour les putes.

Nous étions dans le bar du Russe, et une de ses plus belles putes dansait seins nus. Le Goret s'est enfilé une longue rasade, puis il m'a donné un conseil :

— Si tu veux conquérir la Johannes, là, il va falloir que tu prennes exemple sur le père... que tu joues au chrétien et la petite black sera à toi.

Le Boyau

L'alphabet, chez moi, ça rentrait pas, c'était un truc de dingue. En classe, j'étais assis derrière le Grillon et j'avais une putain d'envie de déconner ; je pouvais pas rester tranquille, je commençais à bouger les genoux, rapidement, jusqu'à ce que Magali, assise à la même table que moi, dise :

— Le Boyau, calme-toi s'il te plaît.

— Et tu me montres tes sous-vêtements ? je répondais, alors elle remontait le bord de sa jupe, et moi je penchais la tête pour pouvoir contempler ses jambes minces, jusqu'à ce que le professeur arrête de parler et dise :

— Celui qui ne s'intéresse pas à ce que je raconte peut sortir.

Je sortais dans le couloir et fumais une cigarette en attendant qu'ils nous distribuent le goûter, puis je rentrais chez moi. Ce professeur, Suárez de son nom, je le faisais marcher à coup de menaces ; une fois j'ai attendu qu'il entre dans les toilettes des profs et je lui ai sorti mon couteau parce qu'il m'avait regardé de travers, il s'était mis dans le crâne de me faire redoubler ma cinquième, il donnait les réponses des contrôles à tout le monde sauf à moi, il me menait la vie dure, et j'avais déjà raté deux épreuves. Le jour où j'ai sorti mon couteau, ça a pété grave, le type s'est mis à pousser des cris, il est parti en courant chez la directrice ; moi j'ai filé chez moi, la police est venue me chercher, ils m'ont chargé dans la voiture de patrouille, m'ont emmené au poste, là il y avait la directrice de l'école et le professeur. Ils m'ont accusé de vendre des vignettes pornographiques et de me masturber.

— Direction la prison pour mineurs, Yohandri Carlos Fernández Ramírez, là où on enferme les vrais animaux, votre place est là-bas, a dit Pancho, l'inspecteur de police, en signant un petit papier.

Mais le lendemain mon papa a appelé mon oncle, celui qui est au Comité Central, et je suis retourné à l'école. Ils m'ont même présenté des excuses, il manquait plus que le prof se mette debout dos au tableau et déclare que j'étais ce qu'on avait vu de mieux depuis que le monde est monde ; mais l'alphabet chez moi ça rentrait pas, les nombres non plus. Chez le Grillon si. *C'est fou tout ce qu'il sait ce débile*, je pensais, et parfois je sentais l'envie de lui mettre mon poing dans la figure. Ça fait chier de constater qu'un taré en sait plus que toi.

— C'est parce qu'il copie, le Boyau, m'a dit Nacho les Babouines, qui avait redoublé son CM2 pour la deuxième fois.

— Pas du tout, ce blaireau, ce qu'il a, c'est un moteur dans la tête, et quand il l'allume il a toutes les réponses, alors que moi, ma tête, elle me sert à rien d'autre qu'à taper dans un ballon.

Malgré son intelligence, le Grillon avait tout d'un crétin ; parfois il restait debout à regarder le soleil, oubliant le monde autour, il en venait même à se baver dessus, et maigre et long comme il était, on aurait dit un sale machin, un héron noir sans ailes qui essaierait de voler. *Grillon*, je l'appelais, parce qu'il me faisait peur moi, avec ses trucs, là, alors il se mettait à chanter et ça, c'était le bouquet. « Il a vraiment pété un câble le mec ».

Maribel

Sur la mère, il n'y a pas grand-chose à dire. Comme elle ne sortait presque jamais de chez elle, si j'ai échangé plus de quatre mots avec elle pendant les quinze ans qu'elle a vécus ici, c'est déjà beaucoup ; pour être partageuse ça oui, elle l'était, elle ne possédait rien à elle. Il suffisait de lui demander quelque chose pour être contenté, bien sûr après, elle te glissait une de ses petites bondieuseries. Moi elle me saoulait avec son christianisme.

Le Gringo

J'en ai eu marre de rouler à bicyclette, ça avait beau être une bonne marque et tout, il fallait pédaler à mort, alors j'ai dit au Goret :

— Mec, prépare tout : demain, tôt, je pars en chasse. Je n'te veux ni bourré ni mal habillé quand j'arriverai chez toi avec le bœuf à deux pattes, tout doit être nickel, c'est clair ?

— Comme de l'eau de roche.

— Tuer un type c'est pas facile, si je le fais c'est parce qu'on est à sec, mais s'il y avait un autre moyen de gagner ma vie je ferais pas ça, franchement.

— Moi non plus chef, moi non plus, a répondu le Goret. J'aimerais pouvoir être bon, n'êt' mêlé à rien, mais qu'est-ce qu'on peut y faire si l'argent fond.

— J'te l'fais pas dire.

Ce matin-là, j'ai mis mes plus beaux habits, j'ai attendu qu'ils ouvrent la Mimbre et je me suis posté tout près de la porte d'entrée ; chaque fois que j'voyais un pedzouille bien habillé je lui susurrais tout bas :

— Vous voulez acheter une moto ?

Mariano Mesa Guillot, ex-directeur du collège Rafael Espinosa

C'est le cadet qui était intelligent, Samuel Prince. Son frère savait juste bien retenir les leçons, il avait une assez bonne mémoire et passait pour une grosse tête mais il n'était qu'un élève moyen. Prince était brillant. Je les ai eus tous deux en classe, c'étaient des personnalités très différentes. Le Grillon, ou David King, voulait seulement se fondre dans le paysage, bien s'entendre avec ses camarades et se faire accepter ; il participait en classe et était plutôt bon en sport malgré son manque évident de coordination dû à la longueur de ses membres ; Samuel Prince, au contraire, était orgueilleux et calculateur. Il ne levait jamais la main, mais quand tu t'adressais à lui : « Voyons voir Samuel, dis-nous… », il te répondait exhaustivement. En éducation physique il n'était pas non plus parmi les plus mauvais, il se défendait bien, surtout en athlétisme, dans les épreuves d'endurance il n'y en avait pas un pour le battre. Mais quand les entraîneurs ont voulu l'enrôler dans la EIDE[1] il a refusé. Enfin, moi j'ai dirigé cette école trente ans d'affilée, elle a vu passer le meilleur, comme la pire des racailles, mais ce que ces Stuart ont fait, pour moi ça n'a aucun sens, c'est comme un symbole des temps nouveaux, de ce qui est à venir, pour ainsi dire. Je n'arrive pas à faire le lien entre ces jeunes garçons que j'ai connus, à qui j'ai tapoté la tête de temps en temps, et ça, bref, ça me laisse sans voix, franchement.

« Tout homme qui vient au monde a le droit d'être éduqué puis de contribuer en retour à l'éducation de ses semblables », a dit Martí ; j'ai essayé d'éduquer ces jeunes, de leur inculquer une notion de morale et d'éthique, mais j'ai échoué parce qu'ils étaient pourris. Pourris à la racine, ce christianisme dont se vantaient leurs parents cachait quelque chose, oui, certainement.

Maribel

Alors comme ça, le Gringo est dans une prison à sécurité maximale au Texas, en train d'attendre qu'on le liquide ? Maintenant, il en a pour vingt ans dans le couloir de la mort, parce que ces yanquis, avant de passer quelqu'un à

1 Escuela de Iniciación Deportiva Escolar. Littéralement École d'initiation sportive scolaire. La première EIDE a été fondée en 1977 à La Havane, ces écoles seront à l'origine de la formation des principaux athlètes cubains.

la casserole, il leur faut y réfléchir plus de cent fois, comme si ça leur faisait de la peine. Et le Gringo il a été méchant, méchant, une vraie bête de Cro-Magnon. Tu sais ce que c'est de nourrir la moitié de Punta Gorda avec de la viande de macchabée ? Rien que d'y penser ça me dégoûte, mais note bien qu'il a eu la délicatesse de ne jamais la vendre ici dans le quartier, là-dessus il a su se tenir, et c'est pas faute de lui avoir dit : « Hey, Gringuito, mon vieux, vends-en-moi un petit bout et je te la paie à la fin du mois, j'ai rien à me mettre sous la dent, je vais avoir les molaires atrophiées à force de manger du hachis de soja. »

— Elle est pas pour toi cette viande, Maribel, elle donne des allergies, il m'a dit la première fois.

Et moi j'ai insisté :

— Allez, Gringuito, mon vieux, avance-moi-z'en un bout.

— À condition que tu me la suces ! il m'a dit.

— D'accord, je lui ai répondu, mais après il m'a répondu que c'était une blague, bref…

Le Gringo y est pour beaucoup dans ce qui est arrivé aux Stuart. Comme il était intéressé par Johannes, il s'est mis à jouer les chrétiens. Je l'ai vu débarquer un jour, habillé avec des vêtements que je ne lui avais jamais vus, un pantalon de soirée gris et une chemise en coton couleur ivoire, attendant que les Stuart ouvrent leur porte pour aller au temple avec eux.

Le Gringo

Le vieux con m'a accepté ; je suis allé un après-midi à la menuiserie où il travaillait, j'ai attendu qu'il sorte et je me suis approché :

— Monsieur Stuart, j'ai eu une vision. J'ai vu Jésuchrist descendre un escalier entouré d'anges et me dire : « Ricardo Mora Gutiérrez, sois sage, car ta fin est proche. »

Je venais de descendre mon deuxième bœuf à deux pattes et l'argent, j'en avais plein les poches, alors quand le vieux, après m'avoir tenu le crachoir pendant deux heures, m'a dit que malheureusement les fidèles du Saint Sacrement du Christ Ressuscité n'avaient pas de temple à Cienfuegos et recevaient très peu de dons, j'ai mis la main à la poche, j'ai sorti deux billets de vingt dollars et je les lui ai filés séance tenante.

— Merci, que Dieu vous bénisse. Venez ce soir si vous pouvez, nous nous réunissons chez María Elizabeth.

— J'y serai, je lui ai dit.

Buter un type c'est pas facile, et le deuxième n'était pas aussi bête que le premier, en plus il ne s'intéressait pas aux motos ; c'était un bouseux de Placetas qui cherchait un téléviseur plasma, alors quand je lui ai dit de venir chez mon cousin, le marin à peine débarqué de Panama, pour aller voir un Sony qui indiquait l'heure, de 64 pouces, avec une prise mémoire, lecteur DVD incorporé, système satellite et œil magique, il a secoué la tête de droite à gauche et a demandé qu'on le lui apporte chez un collègue où il logeait.

— Vous êtes *crazy*, vous savez ce que ça pèse une télévision de cette taille-là ou vous jouez au con ? Vous êtes flic ou quoi ?

— Tu m'la feras pas negro ; tu vendais une moto et voilà que tu as aussi une télévision, une petite merveille, tu trempes dans quoi ?

— Dans tout et n'importe quoi, j'ai mes contacts moi. Je peux même te vendre une maison en plein Prado, un appartement à Pueblo Griffo ou un chien esquimau, ce que tu voudras. Tu veux un numéro de lesbiennes ? Ça te dit ?

— Et ça monte à combien ça ?

— Ce sont deux petites de la Havane fraîchement arrivées. Elles ont fui les poulets, elles ont pas un rond et elles sont à prix cadeau. Pour trente dollars t'as le numéro et tu les baises toutes les deux.

— Putain, à ce prix-là je baise sept fois dans mon village, c'est cher !

— Vous savez pas de quoi vous parlez. C'est de la chair de première qualité, l'une d'elle a été la favorite du Tosco. Je parie que tu sais pas qui c'est le Tosco ?

— Tu me prends pour qui ? Le musicien.

— Lui-même, mais là c'est au-dessus de tes moyens ; rentre à Placeta et contente-toi de baiser des truies.

— Restons polis.

— Allez vous faire fout', je lui ai dit en lui tournant le dos, et là, c'est le type qui m'a couru après.

— Ne le prenez pas sur ce ton negro, on va voir le téléviseur et je jette un coup d'œil à ces gonzesses au passage. C'est pas des blacks j'espère ? Parce que, bon, avec tout le respect que j'vous dois, j'me tape pas de noires.

— Tu parles, les deux sont blanches, la métisse c'est l'autre.

— Quelle autre ?

— Une qui a été mannequin à Varadero, métisse aux yeux verts avec des cheveux qui lui tombent dans le dos, mais celle-là elle fait pas la lesbienne.

— Et elle coûte combien ?

— Plus ou moins pareil.

— Une noire vaut plus que deux blanches ? Sans vouloir vous offenser.

— C'est le tarif, qu'est-ce tu veux qu'j'y fasse ?

— Parles-en avec elles, ça va rogner sur l'argent du téléviseur.

— J'sais pas, tu sais comment sont les putes. Si je leur dis un truc elles sont capables de croire que c'est parce que je veux les flinguer et après elles vont m'éviter, j'ai pas intérêt.

— Parle-leur.

— Entendu, mais je ne te promets rien, allons-y.

Et il m'a suivi comme un agneau jusque chez le Goret. Au final, il n'avait même pas mille dollars en poche, j'en ai donné deux cents au Goret, et on s'est fait quatre mille pesos cubains en plus avec la viande parce que le type était un peu maigre, heureusement il était grand et il avait de bonnes jambes. Quand j'ai sorti ma Makarov, il n'y a pas eu moyen d'éviter les cris mais il s'est laissé attacher sans faire d'histoires et m'a dit : « Je savais que c'était un piège, ça m'apprendra à écouter des negros, mais je vous jure que je vous poursuivrai jusque sous terre et vous allez devoir me rendre mon argent. »

— Mais où tu comptes aller, petit ? et je lui en ai pas dit davantage parce que tant d'innocence me faisait pitié.

Je lui ai mis un chiffon dans la bouche puis je l'ai égorgé. Le Goret a fermé les yeux pour ne pas voir couler le sang, alors je lui ai lancé en blaguant : « Si on te pose des questions pour les cris, dis-leur que c'est toi qui niquais. »

— Ici on n'entend rien, a dit le Goret. Et puis, c'était un cri d'homme.

— Et les pédés, ils niquent pas peut-être ?

— Déconne pas, Gringo.

J'ai dû vendre le vélo pour compléter, mais le lendemain, j'étais déjà à la Mimbre en train d'essayer une de ces petites motos qu'ils fabriquent à Villa Clara. *Elle a de l'allure,* je me suis dit, *ce que les habitants de Villa Clara me donnent d'une main, leur industrie me le reprend de l'autre.*

Rogelio Roca Cueva, architecte

Il ne lui plaisait pas, c'était une *negrita* vraiment délicate, et même si le Gringo était un métis qui présentait bien, s'habillait bien et avait remplacé sa bicyclette par une de ces motos électriques qui n'ont aucune reprise mais font faire belle figure, elle le trouvait ridicule, quand il lui parlait elle le fixait d'un regard très sérieux et répondait par monosyllabes. J'allais beaucoup chez les Stuart à l'époque, car Arturo avait été nommé trésorier de la congrégation du Saint Sacrement et il réunissait les fonds pour la construction du temple. Après avoir obtenu les autorisations auprès du Poder Popular et du Service du logement, ils sont venus me voir pour que je leur dessine le bâtiment et ils étaient très pointilleux, surtout Stuart, qui se présentait à toute heure au bureau provincial d'architecture où je travaillais en demandant après moi. Parfois il amenait l'un de ses fils, en général le cadet, Prince, un garçon très calme à l'époque ; je crois que c'est le Gringo qui l'a abîmé.

Le Gringo

Je lui ai jamais parlé de descendre un bovin à deux pattes, ni d'escroquer quelqu'un, je suis pas fou quand même ; je lui ai seulement dit qu'il fallait qu'il change, qu'il pouvait pas continuer à croire son pouilleux de père, qu'il y avait autre chose dans la vie que le christianisme et le poisson le vendredi midi. J'lui ai dit ça parce que c'était un mec brillant, ça se voyait malgré son côté maniéré, et parce que je savais ce qu'il avait fait à Barbarito, le fils de la Lupe, un simple enfantillage en vérité mais enfin, c'était pas mal pour commencer ; je lui ai dit parce qu'en le voyant j'ai pensé : *Ce negro pourrait devenir président s'il le voulait.*

Le Boyau

Moi, sûr, je suis pas mauvais de naissance, le problème c'est que j'imprimais pas l'alphabet et puis j'avais déjà eu quelques accrocs avec la police, et mon oncle, celui du Comité central, avec Pérez Roque et Carlos Lage, n'était plus en odeur de sainteté, alors quand je suis allé à Ariza voir Nacho les Babouines, qui était tombé après avoir piqué une caméra digitale à un yanqui, je lui ai dit :

— Écoute, Nacho, mon pote, réserve-moi une couchette.

— Je vais voir c'que j'peux faire, *bro,* il m'a dit. Ici c'est l'horreur. Il y a un paquet de beaux pédés, et ma réputation est pas encore faite ; il faut dormir avec un œil fermé et l'autre ouvert pour pas te faire enculer.

— Putain, mon pote, j'lui ai répondu, et en retournant dans le quartier je suis allé voir le Gringo.

Il se faisait passer pour un bon chrétien, mais à moi on ne me la fait pas. J'ai attendu qu'il arrive sur sa petite moto de manager et je me suis approché.

— Salut, mon petit Gringo, vu que t'étais un copain de mon frère défunt, j'vais te demander un service.

— Que Dieu te bénisse, a-t-il dit. Il te faut combien ?

— Écoute Gringo, mon vieux, avec tout le respect que j'te dois, arrête ton char et parle-moi clairement, pas besoin de faire ton cinéma avec moi.

— Bon, parle, dis-moi.

— Gringo, je suis à deux doigts de finir au trou, mon pote, et j'ai besoin de tes lumières : qu'est-ce que j'peux faire pour qu'on me respecte et qu'on soit pas tenté de m'enculer ?

— Facile, tu dois buter quelqu'un. Mais pas n'importe qui : un ex-taulard, et pas n'importe lequel : un vieux loup, un type respectable, c'est la seule façon d'intégrer Ariza précédé d'une réputation.

— Wow, vous êtes un cerveau Monsieur le Gringo, merci, j'lui ai dit, et c'est comme ça que je me suis lancé, je me suis dit : *Le Boyau, le football l'après-midi et les nanas vont te manquer, mais chacun doit suivre l'appel du destin, comme Achille dans* L'Iliade*, le seul livre qui vaut la peine d'être lu, franchement.*

C'est à ce moment-là qu'est arrivé le pasteur d'Oklahoma. C'était un grand noir, les cheveux blancs et le ventre rond ; il est allé chez les Stuart et on s'est réunis, lui, moi, Arturo et Basulto, le pasteur des gens du Saint Sacrement à Cienfuegos. Je leur ai montré les plans, il a acquiescé et m'a juste fait quelques remarques ; nous n'étions pas d'accord sur la hauteur sous plafond, lui jugeait qu'elle devrait être plus élevée. « Car les nôtres sont comblés de charismes », a-t-il dit, puis nous sommes tous allés chez María Elizabeth, qui, ayant été professeur de piano, avait un large patio dallé et plein de chaises en plastique, les frères en Christ ont amené d'autres sièges pour compléter, et à neuf heures du soir, quand toute la congrégation fut réunie, celui qui venait d'Oklahoma s'est adressé à nous dans un espagnol assez limpide. Il a dit que c'était la première fois qu'il venait à Cienfuegos, mais qu'il connaissait Arturo Stuart pour être allé trois fois à Camagüey et que nous devions nous réjouir d'avoir avec nous un garçon aussi plein de vertus, bien que d'autres garçons immaculés n'aient pas démérité, comme Ángel Basulto, qui malgré sa jeunesse, accomplissait pleinement son œuvre pastorale… Nous devions également remercier les dames dévouées qui, Carmen Stuart à leur tête, aidaient les hommes à mener à bien leur bonne action et la construction du temple.

— Et puisqu'on en parle, vos frères là-bas, de l'église du Saint Sacrement à Oklahoma, vous offrent cette modeste somme, a conclu l'Américain, qui a déposé dans les mains de Basulto une enveloppe bombée que ce dernier a fait passer sur-le-champ à Arturo Stuart, le trésorier.

— Dix mille dollars est une humble expression de l'amour que nous vous portons, a déclaré l'Américain, et de la bouche des mille personnes ou presque assemblées chez María Elizabeth, s'éleva un vibrant soupir d'admiration.

Le Gringo

Moi j'y étais quand ce vieux noir croulant a donné les dix mille dollars, j'ai vu la façon dont Arturo Stuart a ouvert l'enveloppe et montré les cent billets de cent. Ça m'a mis l'eau à la bouche, mais je me suis levé et j'ai applaudi avec les autres. Puis ils ont voulu passer aux témoignages : témoigner, c'est démontrer le pouvoir du Christ à changer nos vies, et le témoignage le plus important, bien entendu, c'était le mien.

— Ricardo Mora Gutiérrez alias le Gringo est ici avec nous, ce jeune suivait les pires chemins de la sorcellerie, abusait de l'alcool, des drogues, il était violent et mêlé à des affaires illicites, mais grâce au pouvoir de la parole, il a enfin cessé d'être le Gringo pour n'être plus que Ricardo, notre frère en Dieu.

Le dénommé Basulto, le pasteur, qui était une demi-portion, pas plus gros que la moitié de mon poing, a lâché tout ça d'une traite, puis il a ajouté :

— Mais laissons-le nous parler lui-même de son expérience.

Et là j'ai dû me lever, me mettre au milieu de la pièce et raconter pour la énième fois que j'avais rêvé de l'enfant Jésus et des anges qui descendaient un escalier tout en marbre et après *blablabla*, grâce au frère Arturo Stuart qui m'a guidé *blablabla*, dans le giron du Seigneur j'avais trouvé *blablabla*, la paix. J'en venais même à être content après avoir déblatéré tout ce laïus, je me sentais déjà un peu comme le beau-fils de Stuart ; alors je regardais Johannes et j'avais l'impression qu'elle me regardait, elle aussi, avec une belle étincelle dans les yeux. Par la suite, je l'ai raconté au Goret.

— Porcasse, mon pote, cette meuf commence à m'apprécier.

— Super, il a dit, tu vas pas tarder à te la faire, mais je peux te demander un service sans que tu le prennes mal, hein, mec ?

— Dis-moi.

— Ne m'appelle plus Porcasse, mon pote. Mon nom c'est Salvador Betancourt, et si ça te semble trop long, appelle-moi Goret, à la limite.

Nous étions dans le bar du Russe, chacun face à sa Bucanero, la Porcasse était presque aussi bien habillée que moi, jean de marque, pull-over de marque, et une paire d'Adidas aux pieds.

— Porcasse tu es et Porcasse tu resteras, je lui ai dit texto. Et si ça te plaît pas, va voir ailleurs si j'y suis.

— Vous êtes un enculé, mon pote.

— Et t'as pas tout vu.

— Il faut qu'on en descende un autre.

— Ah oui, et qui va le descendre ? Toi ?

— *Bro*, tu sais bien que j'ai pas le bagou pour ça, moi mon truc c'est de me pointer à Punta Gorda de ta part pour distribuer du filet.

— Si c'est comme ça, c'est toi qui vas le buter.

— Je peux pas, frère, vraiment, je vais pas te mentir, à quoi bon. Je me vois planter personne, je suis trop lent pour ça.

— Tu n'peux descendre ni buter personne, par contre l'argent te file entre les doigts comme de l'eau. Ne me dis pas que t'es à sec ?

— C'est qu'on a beaucoup de frais.

— Bien sûr, coucher avec des putes et te saouler. Fais des réserves, parce que ça peut pas durer éternellement.

— Si tu le dis, Gringo.

— Qu'est-ce que tu crois, que je vais passer ma vie à buter des chrétiens ? Si je recommence c'est parce que cette mobylette est un vrai tape-cul, je veux une moto pour de bon... Mais on en reparle plus tard, parce qu'aujourd'hui je suis content. Tu sais, Porcasse, cette nana commence à faire attention à moi.

— Tu crois, Gringo ?

Il y a quelques jours, ce gros pasteur d'Oklahoma est venu me voir ici, dans le couloir de la mort, il m'a apporté une Bible à couverture noire que j'ai mise avec les autres, des cigarettes et un de ces gâteaux au citron dont les yanquis ont le secret. J'aurais préféré qu'il m'apporte un roman, même en anglais, mais ils sont comme ça les zigues du Saint Sacrement. Au moins ça m'a occupé pour un moment et je me suis rappelé ma vie à Cuba. Il en est venu à me demander si je regrettais quelque chose. « Tout, bien entendu », je lui ai répondu, et il a souri, des plus satisfaits, il buvait du petit-lait, ils sont comme ça, eux. Mais au moment où il partait je lui ai dit : « Je suis encore lié au palo par le sang. » Évidemment, il a pas compris grand-chose, mais il a bien dû imaginer que ça penchait du mauvais côté de la balance.

La mauvaise herbe ne meurt jamais, et à la fin il se passera un truc, ils n'arriveront pas à me l'administrer, le liquide de frein qu'ils envoient dans les veines finira par se gâter et à la place ils m'injecteront de l'héroïne, j'sais pas, mais il va se passer un truc. Si le Goret était là, je lui dirais : « Ma Porcasse, moi je me suis lancé par amour, c'est par amour que j'ai commencé à liquider des ploucs et puis, j'y ai pris goût. » Le Goret dirait : « Nan, toi t'es ici parce que t'es mauvais de naissance, tu vois bien que maintenant dans le pays des gringos on ne t'appelle plus le Gringo mais Satanas. T'aurais été le voyou du quartier qu'aurait le mieux réussi s'y avait pas eu les frères Stuart ; même si t'as été le mentor de Gélatine, le pire des deux. » Voilà ce que dirait cette enculée de Porcasse, mais c'est faux, je n'ai été le mentor de personne, j'ai seulement voulu l'aider à se faire respecter parce que je percevais son potentiel, c'est lui qui m'a demandé un jour :

— Et ces coupures sur votre bras, Ricardo, qu'est-ce que c'est ? Vous pouvez m'expliquer ?

Nous étions assis chez lui dans le salon, la mère s'affairait dans la cuisine. Ni le père, ni Johannes ni le Grillon n'étaient à la maison, mais j'ai quand même tardé quelques secondes à répondre :

— Je suis initié dans le Palo, Prince, dans le Palo.

— Et qu'est-ce que ça veut dire, Ricardo ? Expliquez-moi, s'il vous plaît.

— Je vais vous expliquer, Prince, si vous me promettez de ne rien dire à personne, et surtout pas à vos parents, ni à Johannes.

— Même pas à Johannes ?

— Non. Votre sœur est un peu méprisante avec moi, c'est pas faute d'être attentionné pourtant.

— Elle est comme ça, mais faites pas attention. Allez, racontez-moi, je promets de ne rien dire à personne.

— D'accord. Le Palo, voyez-vous, c'est notre religion naturelle à nous les noirs car il y a un esprit dans chaque chose, Prince, croyez-moi.

— Vous êtes croyant, vous ? Mon père dit qu'il n'y a qu'un Dieu et que pas un cheveu de ma tête ne bouge sans que Lui ne l'autorise.

— Et tu le crois ? Ton papa est un peu simplet, il est couvert de graisse et de sciure du matin au soir, alors que moi, regarde bien : jeune, avec une moto à se faire vouvoyer, beaucoup d'argent et une tonne de nénettes qui me courent après... En parlant de nénette, ne le prenez pas mal, mon jeune Prince, mais vous seriez pas un peu pédé ? Vous pouvez me le dire, et croyez bien que si vous répondez oui ça m'est égal, chacun fait de son cul ce qui lui chante.

— Non, je ne suis pas pédé, en tout cas je ne crois pas.

— Alors sachez que pour choper des nanas il faut arrêter ces âneries.

— Je sais, c'est pour ça que je veux étudier, pour quitter tout ce merdier.

Juan Pablo Sosa Romero, peintre et graveur de Cienfuegos

C'est à cette époque-là que j'ai commencé à fréquenter Johannes. Je l'ai remarquée dès son arrivée à l'école, j'aimais la façon dont sa main se déplaçait rapidement sur le papier en traçant le dessin, j'aimais sa manière de parler, et puis même si elle était belle et qu'elle avait du talent, elle se montait pas la tête, au contraire elle était simple, parfois trop ; ce que j'aimais pas c'était cette famille si bizarre, le père et la mère avaient toujours Dieu à la bouche et les frères... dès le début, j'ai eu l'impression d'avoir affaire à des cas psychiatriques. Moi j'étais très attiré par la sculpture, mais rien que pour être près d'elle, je me suis mis à consacrer plus de temps à la peinture à l'huile. On avait un professeur, Juan Francisco, très expansif ; parfois, quand presque tout le monde était parti, on restait seuls avec lui, chacun à son chevalet respectif, et même si on se parlait à peine, je me sentais en paix.

Rogelio

Elle s'est entichée d'un petit blanc aux cheveux longs, le jean déchiré aux genoux et des tatouages sur chaque bras. Dès que le père l'a vu, il a affirmé que le jeune homme était satanique, et que si elle continuait à sortir avec ce rockeur de mes deux, il la retirerait de l'école d'art, qu'il n'avait jamais été d'accord avec ça, qu'une jeune fille se doit d'étudier quelque chose de concret, gestion ou secrétariat, et que les artistes meurent de faim. C'est Arturo Stuart lui-même qui m'a raconté tout ça l'après-midi où nous posions les fondations de la nouvelle église.

Le Gringo

Il m'a demandé :

— Et pourquoi on t'appelle le Gringo ?

— Parce que je mets des fringues que les yanquis sont les seuls à porter, des vêtements de marque pour qu'on m'estime et qu'on dise quand on me voit : « Voilà un noir stylé », et pas : « Ce noir-là, tu vois le style… » tu comprends ? S'il ne faisait pas une chaleur de chien ici, je me promènerais toujours en costume et cravate de soie, je ressemblerais à Denzel Washington, parce que je n'ai rien d'un pouilleux, Prince, rien de rien, moi je suis un caïd.

— Et ça veut dire quoi ça ?

— Un type respectable.

— Ah.

— Tu veux être un type respectable ?

— D'accord.

— Pas « d'accord », oui ou non ?

— Oui.

— Tu dois commencer dès maintenant tant que t'es gamin, parce que pour un type respectable il y a beaucoup à apprendre ; tu dois aller là où vont les hommes, pas les rats d'église, tu dois te débarrasser de ton côté petit bourge.

— Entendu, emmène-moi.

— D'abord, tu dois me promettre que tu ne le diras à personne.

— Promis.

— Et qu'est-ce qu'elle a dit ta sœur ?

— Rien, qu'elle te trouvait sympa mais qu'elle ne veut pas de fiancé pour le moment.

— Qu'est-ce qu'elle pourrait aimer comme cadeau pour la Saint Valentin ?

— J'sais pas… un livre d'art, de Léonard de Vinci peut-être.

Juan Pablo Sosa Romero, peintre et graveur de Cienfuegos

Un jour elle m'a dit : « C'est fini », et voilà, c'était fini. C'est pour ça que je dis qu'elle était comme son père, cassante, je ne comprenais pas, elle aurait pu m'expliquer, elle aurait pu me dire que ça ne nous rendait service ni à l'un ni à l'autre. Ma famille l'avait acceptée, ça leur était égal qu'elle ait la peau si foncée. Ma mère rêvait déjà d'avoir une paire d'adorables petits-enfants métis, grands, parce que Johannes et moi, on est élancés et sveltes. Je crois que ça a été à cause du père et de ce fou, le Gringo, qui me regardait de travers même si je lui assurais que j'allais chez Johannes uniquement pour réviser. Maintenant je comprends que j'ai eu une chance de malade parce que cet animal m'aurait tué comme il a tué tous ces gens. Enfin, je crois que ce qui a le plus joué dans la fin de ma relation avec Johannes c'est tout autre chose : d'abord, ça ne collait pas sexuellement, les quatre ou cinq fois qu'on a couché ensemble elle n'a pas eu d'orgasme. Je n'étais pas l'homme qu'il lui fallait, je le reconnais, et Johannes est ce genre de femmes qui même sans en avoir l'air, a besoin de se sentir épanouie au lit, c'est pour ça que quand ils disent que son premier Italien, elle l'a épousé par intérêt, moi je ne dis rien, je suis un homme discret en fin de compte, mais je pense qu'ils se trompent, et de beaucoup. À l'époque où on était fiancés, je vivais déjà dans cette grande maison en plein Prado de Cienfuegos, seul avec mes parents, elle aurait tout à fait pu venir vivre avec nous, ma mère l'aurait parfaitement accueillie. Mais non, elle a préféré rester dans cette impasse de Punta Gotica avec ses deux frères et ses parents, alors qu'elle devait pratiquement peindre sur la terrasse du toit par manque de place, tout ça parce qu'elle ne m'aimait pas suffisamment, en tout cas pas comme fiancé, parce qu'on est restés bons amis jusqu'à ce qu'elle parte… c'est la troisième raison et selon moi la plus importante, de l'échec de notre relation, le fait qu'elle ait toujours su qu'elle allait quitter tout ce merdier et qu'elle ne voulait pas laisser derrière elle de tristes souvenirs.

— À la Havane ? je lui ai demandé la première fois qu'elle me l'a dit.

— Non, d'*ici*. Je vais partir une bonne fois pour toutes.

— Partons ensemble, j'ai une tante aux USA, je lui en parle et elle demandera une autorisation de sortie du territoire pour nous.

— Non, a-t-elle dit. Je ne pars pas pour porter des cartons dans un *shopping center*, ni pour m'occuper de petits vieux ou travailler comme serveuse, c'est pas fait pour moi. Je vais partir en tant que peintre, je vais triompher en artiste et pour ça j'ai besoin d'être seule, sans rien qui puisse me déconcentrer.

Elle m'a balancé ça trois jours seulement avant de se fâcher avec moi définitivement, j'ai pensé qu'elle était naïve, car très peu d'artistes dans le monde parviennent à vivre de leurs créations, mais le temps a prouvé que c'est moi qui me trompais, maintenant, elle, elle est célèbre. Hier, dans une librairie d'occasions j'ai vu un magazine de l'année dernière où on parlait des futures noces de la célèbre artiste italienne d'origine cubaine Judith Alonso avec un footballeur du Napoli, un certain Vicente ou Vicenzo. Dans l'article, il était précisé que ce dernier venait de signer un contrat avec le Real Madrid, et que les *tifosis*, tout sauf contents, promettaient d'aller jusqu'à Monte-Carlo, où se déroulerait la cérémonie, pour faire du grabuge ; ils ne disaient pas grand-chose de plus au sujet de cette artiste plasticienne, mais en regardant la photo, je l'ai revue en un clin d'œil, tant Johannes ressemblait encore à ce qu'elle était ici à Cienfuegos, mais en plus claire, décolorée, elle pouvait presque passer pour une métisse. « On voit qu'elle ne prend pas le soleil », m'a dit ma mère, parce que j'ai acheté le magazine et je le lui ai apporté pour qu'elle voie ce qu'était devenue celle qui aurait pu être sa belle-fille. « Elle est maigre, a poursuivi ma mère, et cette robe n'est pas de son âge, c'est quand même pas une princesse ou quelque chose dans ce goût-là. » Ces derniers mots, je sais que ma mère les a dits pour me consoler, parce que Johannes était très belle, et bien que je ne l'aime plus – d'ailleurs je ne sais même pas si je l'ai aimée un jour ou si tout ce qui a existé entre nous n'a été qu'un feu de jeunesse et rien de plus –, elle, elle avait réalisé son rêve tandis que moi, j'étais encore là, fauché, à façonner des sculptures de joueurs de baseball et de vieux musiciens, des œuvres d'un strict réalisme qui, si elles me rapportaient de l'argent, ne me menaient à rien ; je participais à des concours de seconde zone, aspirant à ce qu'un jour on se souvienne de moi et qu'on me décerne le Machete de Mambí Sureño ou la Roseta, symboles de la ville de Cienfuegos.

— T'as maté ta sœur Grillon ?

— Ça c'est péché.

— Et qui l'a décrété ? Ton père ? Ce vieux pédé, ton frère aussi est pédé et toi aussi t'es un peu pédé.

— Déconne pas ou je te dégomme.

— C'est une blague, Grillon, mais vrai de vrai, t'as pas maté ta sœur ?

— Bien sûr que non, c'est ma sœur.

— Et si c'était pas ta sœur tu la materais ?

— J'sais pas, peut-être… toi tu la regardes la tienne, le Boyau ?

— Ben évidemment, et je me tape des branlettes, enfin, elle, elle en sait rien.

— T'es un malade et un pécheur.

— Oui, mais moi au moins je jouis… On va mater, allez, viens avec moi.

— Sûrement pas, c'est péché.

— Pas ta sœur, ni la mienne. Berta, qui va rentrer de l'école d'un moment à l'autre et se lave à poil dans le couloir, tu verrais la chatte qu'elle a !

— Et si on se fait prendre ?

— On ne va pas se faire prendre.

— Comment tu sais ?

— Je le sais. On va grimper sur le toit de ta maison et tu verras, on s'fera pas prendre.

— Et si ça arrive ? Si ma mère le dit à mon daron, le vieux me tue… regarde ce qu'il m'a fait.

— La vache, c'est un putain de taré ton père, et dire qu'il est chrétien.

— T'as rien vu, d'accord ?

— Et avec quoi il t'a fait ça ?

— Avec sa ceinture, tu vois pas la marque de la boucle ?

— Putain, s'il me l'fait je le tue.

— C'est mon père.

— Bon, ça te regarde. On va mater ou pas ?

— Allez.

Maribel

Moi je l'entendais crier : « Arturo, lâche-le, Arturo, s'il te plaît, ça suffit maintenant ! » Ça, c'était de temps en temps, parce qu'en général je distinguais uniquement un bruit sourd comme si on secouait un tapis, ça, et les gémissements du jeune homme. L'autre, Gélatine, il ne le frappait jamais, jamais vu un truc aussi bizarre. Une fois j'ai pris mon courage à deux mains et j'ai demandé à Carmen si les trois enfants étaient du même père.

— Évidemment, a-t-elle dit, de qui veux-tu qu'ils soient ?

— Et pourquoi il y en a un qui se prend tous les coups alors que l'autre, y'a pas une seule rose qui l'effleure ? Même la fille se prend des claques de temps en temps, mais Prince… à croire que c'est un saint.

— Tu serais pas à guetter ce qui se passe chez moi par hasard ?

— Non, Carmen, excuse-moi, j'ai dit, et elle m'a regardé avec son petit air de sainte-nitouche qui est resté gravé dans ma mémoire.

Celle-là, elle est pas née de la dernière pluie, je me disais, *qu'est-ce qu'ils ont bien pu faire à Camagüey ? Parce que pour quitter cette ville en catastrophe et venir s'enterrer dans ce quartier, il a dû se passer un truc énorme.*

Rogelio

Il semblait fait de bois, son corps j'entends, que du muscle et des os ; son visage aussi, avec son expression de dépit qui le quittait rarement, comme si tu lui étais redevable de quelque chose. « Que Dieu te bénisse », disait-il seulement en guise de salut, on aurait dit que c'était lui plutôt que Dieu qui nous bénissait. Sa violence transperçait ses vêtements, bien qu'à première vue ce soit un homme doux, très doux. La Bible presque toujours à la main, comme si, précisément, les évangiles étaient son bouclier. C'est lui qui a décidé de l'emplacement de l'église sans tenir compte de mon avis d'architecte. Il a embrouillé Basulto, lui a fait du bourrage de crâne. Moi je lui ai dit :

— Basulto, c'est l'église du Saint Sacrement de tout Cienfuegos, pas seulement du quartier de Punta Gotica ; ça fait vingt ans que je suis architecte, alors si vous ne comptez pas m'écouter, cherchez-vous-en un autre.

J'ai laissé les plans sur la table de la salle à manger, j'ai pris ma bicyclette et je suis rentré chez moi. Au bout d'une heure on a sonné à la porte. « Que Dieu vous bénisse », a-t-il dit d'un ton sec.

— Que Dieu vous bénisse, a dit mon épouse. Rentrez donc, Arturo, vous voulez boire de l'eau ?

— Oui, merci, il fait très chaud.

Ma femme est allée chercher de l'eau, je suis sorti de ma chambre et j'ai tendu la main à Stuart. Puis nous

nous sommes assis dans les fauteuils, et en buvant son eau, il a commencé à nous parler de l'importance pour un quartier comme Punta Gotica, quartier de noirs oubliés et de bancs délaissés, d'avoir cette église pile au milieu, là où tout le monde pouvait la voir ; puis il est allé droit au but :

— Deux cents pesos par jour, a-t-il dit, en jetant un œil sur ma maison, grande mais délabrée.

— Qu'est-ce que tu veux dire par là ? lui ai-je demandé.

— Tu as bien compris.

Il était comme ça, il avait toujours Dieu à la bouche mais était persuadé que tout pouvait s'arranger avec un peu d'argent et de démagogie. C'était un solide baratineur. Presque tous ceux qui ont travaillé dans ce temple l'ont fait gratuitement, comme bénévoles.

Le Gringo

— Dis-donc, m'a dit la Porcasse alors que je venais d'entrer dans le bar du Russe, ils recherchent un certain Aramís Ramírez.

— Et qu'est-ce que ça peut me faire ?

— Il est de Cabaiguán.

— Qui le cherche ?

— Un métis avec une chemise à carreaux qui a une tête de policier.

— Laisse-le chercher. Laisse-lui la voie libre pour enquêter autant qu'il voudra, il va en avoir le tournis, parce qu'ici personne ne sait rien.

— Ici non, mais à San Lázaro, beaucoup de gens ont dû voir le grand gaillard quand tu l'as amené chez moi.

— Personne ne se souvient de ça, Porcasse, fais pas ta mauviette.

— C'est que pendant que tu te promènes à moto en faisant des faveurs à l'église, moi je dois me coltiner les problèmes.

— T'as pris de la drogue ou quoi putain ? Fais attention à comment tu me parles.

— C'est que j'ai plus d'argent, Gringo, et je suis dans la dèche. Allez, fais-moi une fleur.

— Je vais finir par croire que vous vous nourrissez de billets. Économisez, mon ami, économisez.

Rogelio l'architecte

Le temple inachevé du Saint Sacrement, voilà tout ce qui est resté du passage d'Arturo Stuart à Cienfuegos et c'est suffisant. Je suis fier de ce temple, parfois, quand je suis d'humeur, j'enfourche mon vélo et je vais l'admirer. Il est abîmé mais ça reste un beau bâtiment. L'unique fruit de mon travail après vingt ans consacrés à l'architecture. Il n'y a pas le moindre bout de marbre ou de bronze où soit inscrit le nom de l'architecte qui l'a dessiné, dans vingt ans personne ne se souviendra de moi, et ce sera comme si le temple s'était élevé tout seul ; c'est peut-être mieux ainsi, parce que cette cathédrale est maudite.

Quant à moi, Dieu n'est plus à mes côtés, désormais je vais seul, je ne raconte plus à personne que la forme du temple m'a été dictée par un ange sans ailes. Il m'a dit : « Ainsi sera mon église », il m'a soulevé sur son dos et j'ai vu la Cienfuegos du futur, une belle ville, pleine d'immeubles magnifiques et plus propre que jamais, et à Punta Gotica j'ai vu un bâtiment futuriste, avec plein de rosaces en cristal irisé : c'était le temple. *Cienfuegos est la Jérusalem céleste*, j'ai pensé, je me suis réveillé et mon épouse a dû laver les draps : j'avais fait pipi au lit comme quand j'étais petit.

Le lendemain, je suis arrivé avec mes plans chez Stuart, où se trouvaient Basulto, plusieurs membres de la congrégation et, bien sûr, le maître de maison.

Le Gringo

Tous les quartiers habités par les pauvres se ressemblent, ou mieux, ils sont identiques : des égouts qui débordent quand il pleut, des rues pleines de trous et des murs couverts de graffitis. Six mois, j'ai passés dans le Downtown de Miami, mais c'était comme si j'étais jamais vraiment sorti de Punta Gotica, alors un jour je me suis dit : « Je me suis pas tiré de Cienfuegos pour être encore un citoyen de seconde zone. »

Je parlais un anglais passable mais j'avais un trop fort accent, alors j'ai dépensé quelques-uns de mes derniers dollars pour perfectionner la langue. Ça a été ma première période en *America*, comme les yanquis appellent ce foutu pays.

Hier après-midi, un journaliste, lauréat du prix Pulitzer, est venu pour que je lui raconte l'histoire de ma vie, il me paierait dix mille dollars d'entrée de jeu, il a dit, et si le livre se vendait bien, on finirait tous les deux millionnaires, vu que c'est le genre d'histoires qui plaît aux Américains. « Commencez depuis le début », il m'a dit, et forcément, je me suis mis à rire : « Pourquoi voudrais-je de l'argent, puisque je suis déjà dans le couloir de la mort ? », alors il m'a demandé si je n'avais pas un parent à Cuba ou aux États-Unis à qui léguer les sous.

— Non, j'ai dit, je n'ai personne, seulement Lucy, mon ex-femme, et cette maudite chienne n'est pas venue me rendre visite une seule fois.

— Mais bon, a insisté le journaliste, petit et un peu gros, d'origine salvadorienne d'après ce qu'il m'avait raconté avant. Le livre peut être très utile à votre cause. Vous savez comment sont les Américains, peut-être seront-ils sensibles à une enfance comme la vôtre, si pleine de vicissitudes, et feront-ils pression sur le gouverneur, peut-être, je ne sais pas…

— Comment savez-vous que mon enfance est pleine de vicissitudes ? Vous êtes devin ?

— C'est toujours comme ça, l'enfance nous fait tels que nous sommes.

— Non, moi j'ai plongé par amour. J'étais un beau métis qui vendait des lunettes et des habits de marque devant le meilleur magasin de Cienfuegos, La Casa Mimbre, l'argent entrait facilement et de temps en temps j'en prêtais à court terme et à un taux élevé, de quoi me faire quelques biftons supplémentaires. J'étais on ne peut mieux jusqu'à ce qu'une famille, des noirs de chez noirs, déménage dans le quartier, et que je rencontre la femme la plus belle du monde ; c'est pour elle que j'ai perdu pied et que j'ai commencé à faire ce que j'ai fait.

— Et qu'est-ce que vous avez fait ?

— À quoi bon vous le dire ? Avec ce que j'ai fait aux USA et que vous savez déjà, vous en avez plus qu'il vous faut. Sachez simplement que l'homme est comme le loup, quand sa soif de tuer se déchaîne, c'est sans remède, on ne peut plus revenir en arrière.

— Vous êtes toujours bel homme, me lâche tout à coup le type, en anglais.

J'ai dû lui dire, dans la même langue, que les culs de mec, j'y touchais pas, ce sur quoi mon gardien préféré, Billy Holden, un noir qui mesure un mètre quatre-vingt-dix et pèse deux cent cinquante livres, a éclaté de rire.

— Je vous disais ça parce que notre magazine est prêt à vous payer pour que vous posiez nu, vous n'imaginez pas le nombre d'admiratrices que vous avez ici au Texas, a précisé le type en me regardant à travers la vitre blindée, et en se grattant le menton avec son téléphone.

— Mais si, je sais, je lui ai dit. Je reçois beaucoup de courrier. Elles me prennent pour un super don Juan parce que je me suis marié avec toutes ces cougars pour ensuite les liquider.

le Boyau

Fuente Ovejuna, señor, de tout mon parcours scolaire, voilà une des rares choses dont je me souvienne ; bien sûr, je sais lire, écrire, compter et tout le reste, mais bon, l'alphabet ça rentrait pas et ça m'inquiétait. *Tout compte fait, ce serait pas moi le mongolien ?* je me demande parfois et puis je me réponds que non, parce que je me suis enfui comme le Jonas de la baleine, je vis correctement ici à Barcelone, et dire que j'en ai fait des trucs moches à l'époque, à Cuba… Je me souviens que quand je vivais à Punta Gotica je voulais une blanche et rien d'autre. *Mon Dieu*, je priais, *fais-moi cocu mais donne-moi une blanche, pas une noire, ni une Indienne, ni une métisse, donne-moi une blanche de celles dont on voit les veines à travers la peau ; allez, Dieu, et évidemment, fais en sorte qu'elle soit bien roulée.* À Cuba, il n'y a pas pléthore de ce genre de meufs. Dans ma classe il n'y avait qu'une créature comme ça, elle vivait au Prado et sa mère était irlandaise. Ici je suis entouré de blondes et avec de ces jambes, qu'est-ce qu'elles sont canons les jambes des Catalanes ! À Cuba, pour pouvoir mater des bombasses blanches, il fallait aller à Punta Gorda, je disais au Grillon : « Prépare-toi et on y va, demain, c'est jour de séance », lui, au début, il était pas pour : « Mais on va se faire prendre ; mais, enfin, moi je suis chrétien ; mais… » Ensuite il y a pris goût et c'est lui qui me proposait.

Maribel

Tous savaient que le Grillon matait, mais tout le monde s'en moquait. Presque tous les jeunes d'ici le font, libre à chacune de les laisser faire, selon que le mateur te revienne ou pas. Moi je le laissais parfois, parce que je savais à quel point il travaillait dur dans la construction de ce temple de fou qu'érigeait son père et que ça me faisait pitié. *Allez va, profite*, je pensais quand j'entendais ses pas légers sur le toit, et s'il faisait chaud, je prenais mon petit seau d'eau et j'allais me laver chez moi dans le couloir, alors j'enlevais mes vêtements tout doucement et me versais l'eau lentement sur le corps pour lui faire ce plaisir, je passais une éternité à me savonner les seins, puis les jambes ; évidemment, à l'époque, je n'étais pas la matrone que je suis devenue, j'étais une métisse bien plantée, j'avais quarante ans mais il fallait me donner du *vous*, puis j'ai attrapé le diabète, qui est en train de m'emporter tambour battant. On dit qu'au pays des yanquis il existe des petits comprimés qui te guérissent illico, mais moi je n'ai pas de famille là-bas, et le Gringo est dans le couloir de la mort, alors si je lui fais demander les comprimés, le plus probable c'est qu'il m'envoie me faire foutre.

Le Gringo

La veille de son anniversaire, je lui ai dit : « Qu'est-ce que tu veux comme cadeau ? » Il m'a répondu : « Vous n'avez pas à m'offrir quoi que ce soit, Ricardo, votre amitié me suffit. » Mais j'ai insisté : « Allez, déliez cette langue, demandez. Un iPod ? Il suffit de demander. »

— Emmenez-moi voir votre parrain.

— Comment ?

— Vous avez bien entendu.

— Bon, comme vous voudrez, laissez-moi fixer le rendez-vous et je vous préviendrai.

le Boyau

Je le voyais aller et venir sans arrêt avec le Gringo. *Le Gringo est en train de se le taper*, j'ai pensé au début, mais non, il avait même l'air plus viril qu'avant. *Le Gringo est devenu chrétien pour de vrai et ils traînent dans ses Quimbandas de Jésuchrist et tout le tintouin*, je me suis dit, mais le Gringo passait toutes ses soirées au bar du Russe à consommer du whisky et à reluquer des seins. *La fréquentation d'une des pires chiasses comme le Gringo n'est pas recommandable pour un petit être si délicat avec une peau de demoiselle*, j'ai pensé, *il a le cul au bain-marie, parce que si c'est pas le Gringo qui l'encule, vu qu'en définitive être actif ça a jamais été son truc, c'est un autre qui le fera, peut-être Salvador la Porcasse, celui-là pour le coup, que ce soit une femme, une chienne, un travesti ou un bananier ça lui est égal, du moment qu'il peut la fourrer dans un trou.*

Rogelio

« L'ornement est un crime », a dit un grand architecte, et j'en ai fait un principe, j'ai voulu que le bâtiment soit parfait dans sa simplicité, presque nécessaire, j'ai voulu que toute sa complexité réside dans l'harmonie et la qualité des matériaux employés, j'ai voulu apporter une part de modernité à une ville cubaine endormie, j'ai voulu que cet immonde quartier de Punta Gotica ait au moins quelque chose à montrer au monde et je me suis efforcé d'y parvenir.

— Nous, nous avions imaginé quelque chose d'autre, je ne sais pas, de plus traditionnel, m'a dit Basulto qui m'a montré la photo de l'église du Saint Sacrement d'Oklahoma où officiait le révérend James Harrison Fitzgerald, le corpulent pasteur noir qui avait tant œuvré pour rassembler l'argent nécessaire à sa construction.

Je venais de passer une nuit blanche et j'étais un peu irritable.

— Si je dois reprendre le projet à zéro, c'est fini, trouvez-vous un autre architecte.

— C'est pas que ça nous plaît pas, a dit alors Arturo Stuart. Mais c'est tellement différent, et ça semble très cher. Et puis où vas-tu dénicher les ouvriers capables de faire un truc pareil ? À Cuba il n'y a plus de maçons capables de réaliser un travail de qualité, rien que les mosaïques c'est un vrai casse-tête.

— Les matériaux et la main-d'œuvre, ça se trouve.

— Oui mais à quel prix, a dit Basulto. Nous n'avons que vingt mille dollars et l'argent ne pousse pas sur les arbres.

— On entre par ici ? a demandé Stuart, en signalant un point du plan déplié sur la table.

— On peut accéder à l'intérieur du temple par plusieurs endroits. Le concept c'est l'accessibilité, c'est la liberté, le temple est comme une main ouverte que tout le monde doit pouvoir serrer… Peut-être qu'on le verra mieux sur le plan en perspective, ai-je suggéré, mais on ne m'a pas laissé le temps de le terminer.

— Eh bien faites-le, a dit Stuart, faites-le, apportez-le, et nous en reparlerons.

Le Gringo

Toc, toc, ils ont frappé d'un coup sec, et j'ai su que c'était la police. J'ai ouvert et ils étaient là : un gros métis avec une chemise à carreaux et le chef de secteur.

— Que Dieu vous bénisse, je leur ai dit en leur offrant un large sourire. Entrez et asseyez-vous.

Ils se sont assis dans le canapé et moi en face d'eux, sur un des fauteuils.

— Tu t'es drôlement enrichi, Ricardo Mora Gutiérrez, a dit le chef de secteur. On se croirait dans une maison tout droit sortie du *shopping center*, tu vis mieux que Rockefeller. Ne me dis pas que tu t'es mis à travailler, toi qui es bon qu'à être maçon, mais ça ne rapporte pas tant que ça. Dans quoi tu trempes, Ricardo Mora, hein ?

— Dans rien, je me suis converti, désormais je suis les pas du Seigneur.

— Ah oui ? Très bien, et ça remonte à quand cette conversion ?

— À neuf mois.

— Neuf mois ? Ça ressemble à une grossesse, a dit le chef de secteur en laissant échapper son petit rire triste de hyène.

— En un sens c'en est une, Dieu te remplit.

— Gringo le dévot, ben voyons, on aura tout vu dans le coin.

— Si vous le dites… Vous voulez du café ?

— Pourquoi pas ! Amène-nous une tasse chacun, mais ne t'avise pas de cracher dedans.

— J'en serais incapable, je leur ai dit et je suis parti préparer le café.

Quand je suis revenu, le chef de secteur m'a demandé combien m'avait coûté l'ensemble des meubles.

— Ils m'ont fait un prix, cinq cents pesos.

— C'est donné. Chez qui ? Donne-moi le téléphone ou l'adresse, que j'aille m'en acheter.

— En dollars.

— Eh ben, il aurait suffi de commencer par là. Ça fait beaucoup d'argent, ça, personnellement je n'ai jamais vu une telle somme réunie et pourtant je travaille… D'où tu l'as sortie, mon petit Gringo ? Ne me dis pas que t'as gagné au loto.

— Mon frère m'a envoyé l'argent.

— Putain, en voilà un type bien ton frère !

— Comme vous dites.

— Et moi qui pensais que depuis son départ il ne t'avait plus jamais écrit.

— Il s'est mis aux études sur le tard. Il a eu son diplôme d'infirmier, il travaille dans l'un des meilleurs hôpitaux de Miami, et il a eu envie de m'aider.

— Une perle ton petit frère, un mec en or.

— On a toujours été très proches.

— Je ne te le fais pas dire, vous tuiez des vaches ensemble.

— Si vous le dites… Avec votre permission, le café est en train de couler.

— Comment tu sais ?

— Je le sens.

— Un sacré odorat ! Tu devrais entrer dans la police, mon petit Gringo… Mais vas-y, il s'agirait pas que la cafetière explose… Très savoureux, a dit ensuite le chef de secteur en buvant son café. Tu dois te demander ce qu'on fait ici chez toi, n'est-ce pas ?

— Bien sûr.

— Et tu n'en as aucune idée ?

— Je ne suis pas devin.

— Ah, tu n'es pas devin… Eh bien, je vais t'aider. On cherche un individu, de Santo Espirito, des types disent qu'ils vous ont vus ensemble.

— Ensemble ?

Berta

Le 27 février 2007, le revenant a commencé à me tourmenter. La première fois que je l'ai vu, assis à l'entrée du quartier, il regardait devant lui, très concentré, comme s'il attendait quelque chose. J'ai su qu'il était mort parce qu'il avait les yeux révulsés et qu'il était nu. Il était presque six heures du soir, l'heure où les garçons jouent au football et où la rue est pleine d'adultes qui rentrent du travail ou vaquent à leurs occupations. Personne ne le remarquait. Il n'y a que moi qui l'ai senti : un corps puissant, un scorpion tatoué sur l'épaule droite et un serpent autour du nombril, il était grand et aurait pu être beau si une plaie aux pourtours encore ouverts ne lui avait barré le cou d'un bout à l'autre. Il a montré sa blessure de l'index de la main droite, les yeux remplis de larmes. Je me suis mise à courir.

Ce jour-là je n'ai pas mangé.

— Un mort à poil vient de m'apparaître, j'ai dit à ma mère.

— Toujours à faire des blagues toi, a-t-elle réagi.

— Sérieusement.

— Eh bien, amène-le-moi pour qu'il cuisine, toi tu sais rien faire et j'en ai assez de puer le beurre.

« Ne fuis pas, je m'appelle Aramís et je suis de Cabaiguán », m'a-t-il dit la deuxième fois que je l'ai vu, un mardi de grande chaleur. J'étais à l'école et j'avais demandé au professeur de chimie la permission d'aller aux toilettes, je venais de m'asseoir sur la cuvette quand il est apparu pour me dire ça. J'ai juste réussi à le regarder et à lui répondre : « Toi, tu n'existes pas », puis j'ai fermé les yeux et lorsque je les ai rouverts, il n'était plus là. Quand je suis retournée en classe, j'étais tellement pâle qu'on aurait dit Michael Jackson.

— J'étais sur le point d'envoyer quelqu'un à ta recherche, a dit le professeur. J'ai cru que t'étais tombée dans le trou.

— Je me sens mal, j'ai vu un mort.

— Ça se voit, a-t-il répliqué dans un sourire avant de m'autoriser à partir.

Je suis rentrée chez moi, j'ai profité que ma mère n'était pas là, j'ai pris deux comprimés de valium, je les ai avalés, je me suis assise dans l'un des fauteuils du salon et me suis balancée jusqu'à ce que les cachets commencent à faire effet ; alors, quand enfin mes yeux se fermaient, je suis allée me coucher et là, sur mon lit, se trouvait le mort.

— Je m'appelle Aramís et je suis de Cabaiguán. Je suis venu à Cienfuegos à la recherche d'une moto parce que je voulais faire la surprise à Araceli, je voulais qu'elle me voie à moto, mais voilà, ils m'ont tué et je ne trouve pas le moyen de retourner dans mon village et de lui annoncer que je suis mort ; à la gare centrale, je n'arrive pas à monter dans le bus, quand je pose un pied sur les marches, le bus part en fumée et je me revois dans la maison où ils m'ont fait ça.

Le mort a porté sa main à son cou puis m'a demandé :

— Aide-moi.

Ibrahim

C'étaient de beaux jours malgré tout, mon épouse préparait le café, après l'avoir bu je prenais ma bicyclette et j'allais au temple. Il avait beau être très tôt, frère Arturo était là, toujours occupé à quelque chose : ranger les outils de travail ou jeter les gravats. Nous priions ensemble et attendions l'arrivée des autres frères en Christ, de l'architecte et des ouvriers, pour petit-déjeuner et entamer les tâches journalières. Ibrahim est un prénom syrien, et depuis toujours on me surnomme l'Arabe, bien que je n'ai personne en terre d'Islam : je m'appelle Ibrahim à cause d'une télénovela que ma mère regardait il y a des années.

— Vous ne dormez jamais, chef ? j'ai demandé une fois, alors Stuart m'a regardé avec ses yeux profonds dont j'ose dire malgré tout qu'ils étaient comme ceux d'un prophète et il m'a répondu :

— L'Arabe, quand l'église sera prête je dormirai tellement que tout le monde chez moi pensera que je suis mort.

Ériger un temple là où il n'y avait rien, que des mauvaises herbes, le voir grandir, prendre forme, passer de quatre piquets dans le sol à un bâtiment dont les murs grimpent chaque jour…

Au début ils se moquaient de nous, et bien que nous ayons eu toutes les autorisations imaginables, la police et les inspecteurs venaient nous harceler. Alors que nous étions au comble de l'enthousiasme, ils appelaient l'architecte pour lui dire qu'il fallait arrêter et présenter toutes les factures prouvant qu'on s'était procuré le ciment dans un magasin autorisé et non de façon illégale. Alors, Rogelio devait aller chez lui à bicyclette chercher ces factures, puis les montrer, sans ça nous ne pouvions pas nous y remettre. Le lendemain, ils nous sondaient sur les parpaings, la peinture, tout et n'importe quoi, il y avait plusieurs inspecteurs, donc ils se relayaient. Une de celles qui nous a le plus livré bataille était une petite dame boulotte avec un sempiternel foulard sur la tête. Elle arrivait sur une moto semblable à celle du Gringo, s'arrêtait tout près des travaux, ouvrait une pochette noire, sortait un carnet et commençait à prendre des notes sans cesser de nous regarder. Elle essayait de nous pousser à bout, mais nous étions plus forts car l'esprit du Seigneur était avec nous. Nous travaillions en chantant des hymnes au Christ. Surtout celui qui dit : le Christ est ressuscité. Nombreux étaient les voisins qui nous accompagnaient en chœur et certains d'entre eux travaillaient avec nous, même s'il fallait prendre beaucoup de précautions car à la moindre inattention, ils embarquaient un outil de travail, un pot de peinture, un demi-sac de ciment, peu importe, du moment qu'ils pouvaient le revendre pour boire leur piquette.

Le Gringo

— Oui, ensemble… Je vais te rafraîchir la mémoire : un blanc, grand, costaud, environ vingt-cinq ans.

— Ah, celui-là… Ce type a quitté le pays, une vedette est venue le chercher.

— Comment le sais-tu ?

— Il me l'a dit : « Je pars et vous ne me reverrez plus jamais par ici. »

— Ah oui ? Et pourquoi il est venu te voir ?

— Il cherchait l'adresse de mon frère, ils se connaissaient de l'époque où mon frangin a vécu à Cabaiguán, et il voulait le retrouver à Miami.

— Et toi tu la lui as donnée ?

— Bien sûr que non, mon frère a déjà suffisamment de problèmes comme ça pour ne pas devoir s'occuper d'un loustic de Santiespíritu.

Les deux types m'ont regardé quelques secondes sans rien dire, puis le métis a ajouté :

— Ce type ment. Aramís ne quitterait jamais le pays, c'était un jeune bien intégré et travailleur, d'une famille irréprochable, je doute beaucoup qu'il ait connu son frère ici. Et puis, qui aurait l'idée de venir jusqu'à Cienfuegos pour partir alors qu'il vit près de la côte nord ?

— C'est exactement ce que je lui ai dit : « Mon frère, t'aurais pas plutôt intérêt à partir de Sagua la Grande, pour être à Miami en un rien de temps ? »

Il m'a répondu que ça craignait, que les garde-frontières étaient super vigilants et que le voyage coûtait le double.

— Il a dit à sa famille qu'il allait à Cienfuegos acheter une moto.

— Ça c'était l'excuse, mais en réalité il se taillait.

— Et il est venu et te l'a dit alors qu'il te connaissait à peine ?

— C'est comme je vous dis.

— C'est bizarre, a dit le métis.

— Pas bizarre, *très* bizarre, a dit l'autre. Il y a anguille sous roche, ici. Et où alliez-vous, Aramís et toi, quand on vous a vus ?

— Chez des meufs, il était fan des métisses.

— Des meufs ? Lesquelles ? Nom et adresse.

— Je vous les aurais donnés mais l'une d'elles est mariée.

— Allons bon, à la pêche aux meufs… Mais tu viens de me dire que t'es chrétien !

— Et les chrétiens ne baisent pas peut-être ?

— Bien sûr que si, mon petit Gringo, bien sûr que si… Bon, et donc vous avez vu les meufs et ensuite ?

— Il a suivi son chemin et moi le mien.

— Et quel était le sien ?

— Ça j'peux pas vous le dire.

— Pourquoi ?

— Parce que je sais pas.

— Toi tu sais jamais rien.

Ibrahim

Il savait parler, si on me pose la question je dirais qu'il prêchait mieux que le pasteur, et il avait une telle mémoire qu'il pouvait citer toutes les écritures sans se tromper, et dire qu'il n'avait même pas encore quinze ans. Mais il y avait quelque chose qui clochait chez lui, quelque chose de mauvais, il était orgueilleux, il se croyait prédestiné à de grandes choses et ça le rendait d'un abord difficile, c'est à peine s'il a collaboré à la construction du temple. Le frère en revanche, à peine d'un an son aîné, travaillait comme un âne même si le père s'acharnait sur lui, il le traitait comme s'il le haïssait, comme si le garçon devait payer jour après jour le tribut de son imperfection. Moi ça ne me plaisait pas et une fois je lui ai dit. Nous étions en train de poser la quatrième rangée de briques. Et David King, qui me tenait lieu d'assistant, en a laissé tomber une, elle a juste eu un coin cassé mais le père s'est mis dans un tel état de fureur qu'il semblait sur le point de devenir fou.

— Tu sais combien coûtent ces briques ? a-t-il crié.

— Non, papa.

— Alors fais plus attention.

— Oui, papa.

— Ça peut arriver à tout le monde, j'ai dit.

— Mêlez-vous de ce qui vous regarde, m'a rembarré le vieux Stuart et il s'est planté devant moi, comme s'il allait me frapper, là, devant tout le monde.

Il était comme ça, très calme en apparence mais avec une rage contenue prête à sortir à tout moment.

Le Gringo

Je voulais l'emmener avec moi, quitte à devoir payer le double pour l'embarcation. *C'est de l'argent facile à récupérer*, me disais-je, et je pense parfois à quel point ma vie aurait été différente si Johannes, quand je le lui ai proposé, m'avait dit : « Je pars avec toi. » Peut-être que je serais pas ici à attendre qu'on me passe à la casserole, peut-être que je me serais intégré et que je serais un de ces types qui mettent de petits drapeaux américains sur le capot de leur voiture, qui s'assoient le dimanche pour préparer le barbecue, et que tu retrouves après, bien gras, une bière à la main, en train de discuter avec les voisins de la sélection du Mondial de foot. Si j'avais emmené Johannes avec moi, tout aurait été différent, j'en suis sûr, je ne me serais pas définitivement perdu ; peut-être que j'aurais prospéré, parce qu'ici pour s'en sortir, pas la peine de buter qui que ce soit, ce dont t'as besoin en priorité, c'est de quelqu'un qui t'aime ; si t'as ça, t'as tout, ah, et quelqu'un que tu puisses aimer aussi, chose plus difficile encore. Si cet après-midi-là, quand elle est rentrée de l'école chargée de ses papiers à dessin et ses pinceaux, Johannes m'avait écouté à l'heure où je lui ai dit : « Allons nous asseoir dans le parc Martí, il faut qu'on parle », et si ensuite, une fois là-bas, lui demandant si elle voulait une bière, parce que c'était énorme ce que j'avais à lui dire, si elle m'avait dit oui à ce moment-là : « Apporte-moi une bière », et qu'elle m'avait souri, ma vie aurait été différente, j'en suis sûr, mais Johannes a dit non à la bière, et j'ai eu beau lui parler, elle ne voulait rien savoir.

— Non, Ricardo, je ne renoncerai à mon avenir ni pour toi ni pour personne.

— Quel avenir tu as dans ce pays de merde ? En plus, moi, je t'aime, tu sais ? J'ai changé pour toi, je ne suis plus le même maintenant.

— Je ne t'aime que comme ami, Ricardo, je te l'ai déjà fait comprendre par tous les moyens. C'est comme ça et il n'y a rien à faire, je suis désolée.

De sales bêtes, elles sont comme ça les femmes, toujours désolées, elles t'arrachent le cœur et après elles sont désolées, aussi simple que ça. Moi c'est fini, je les crois plus. Franchement, même ma mère j'la crois plus. L'autre jour, j'ai vu un fantôme, il est arrivé de Cuba pour me demander pourquoi je l'avais tué alors qu'il était dans la fleur de l'âge.

— C'est la vie, tu fais tout le mal dont t'es capable jusqu'à ce que ce soit ton tour d'être réduit en poussière, et tu vois, mon heure est arrivée, mes jours sont comptés, donc ne t'inquiète pas, tu pourras bientôt te réjouir ; mais quand je serai mort, j'veux pas te voir, si j'te vois là-bas de l'autre côté je vais te réserver un de ces accueils, de quoi ravir tout le monde sauf toi.

Voilà ce que je lui ai dit, parce qu'il faut pas être tendre avec les fantômes si tu veux qu'ils restent à leur place.

J'aurais aussi pu emmener la Porcasse avec moi, pour qu'elle me serve de secrétaire au moins, et pas la laisser dans la merde comme je l'ai fait, pensant que la Porcasse n'allait pas s'adapter ici, alors que celui qui s'est pas adapté, c'est moi. J'aurais pu la prendre avec moi puisque de toute façon je savais que je voyagerais gratos, c'est pas pour rien que j'avais ma Makarov.

Ensuite Johannes m'a dit, parce qu'elles gardent le dernier scud pour la fin les femmes, elles sont comme ça :

— Je ne vous aimerai jamais, Ricardo, car vous êtes mauvais, je le sais, mauvais. Vous pouvez tromper mon père mais pas moi.

— Et si j'avais changé ?

— Je ne crois pas, elle a dit et elle s'est levée, adieu.

Elle m'a regardé droit dans les yeux, très grave, et m'a tendu la main ; sur le moment j'aurais voulu que la terre s'ouvre pour m'avaler, mais ces choses-là n'arrivent jamais, en tout cas pas si vite, alors je lui ai serré la main et je lui ai demandé s'il m'était autorisé d'avoir ne serait-ce que le plus minime espoir, et pourquoi disait-elle que j'étais mauvais alors que je n'étais qu'un battant comme les autres.

— Ce que tu as fait à Ingrid c'est très mal.

— Quelle Ingrid ?

— Tu le sais très bien, la petite blanche qui fait de la danse. Tu l'as engrossée et tu ne l'as pas accompagnée se faire avorter, personne ne mérite ça.

Cette broutille, j'ai pensé, Johannes était si naïve.

Berta

— Je connais personne à Cabaiguán, je suis même pas sûre de savoir où c'est – j'ai dit au revenant, et il continuait à me regarder de ces yeux pleins de larmes, alors j'ai dû lui dire qu'il ne s'en fasse pas, que j'irais à ce fichu Cabaiguán voir cette Araceli et lui raconter ce qui s'était passé, mais qu'il arrête, *please*, de m'apparaître, parce que j'avais les nerfs en boule.

— Merci, je sais que si tu m'accompagnes je pourrai trouver le chemin, a-t-il dit, puis il s'est mis à devenir ténu, de plus en plus ténu, jusqu'à n'être plus qu'une plaie et des yeux tristes, et grâce au diazépam, je me suis endormie.

Je venais d'avoir quatorze ans et c'est à peine si j'étais déjà sortie de Cienfuegos, et encore moins toute seule, mais le lendemain après les cours je suis allée me renseigner pour savoir s'il y avait des bus pour le village de Cabaiguán. La gare était sale, pleine de mendiants, de voyageurs et de vieux qui vendaient de tout, des magazines jusqu'aux rasoirs. Je m'attendais à tomber à tout moment sur le revenant et ses yeux révulsés, d'où ma démarche recroquevillée comme si j'avais eu de la fièvre, alors une femme qui essayait de décrasser un peu le sol à l'aide d'un balai m'a demandé :

— Qu'est-ce qui t'arrive petite ?

— Rien. À quelle heure part le bus pour Cabaiguán ?

— Y'a jamais eu de bus pour cette destination ici. Mais si tu attends demain, tu peux prendre un camion qui part à midi et qui te dépose à Cabaiguán même.

— Et combien ça coûte ?

— Je ne sais pas, mais ça doit pas être bien cher, parce que le petit camion c'est pas de la tarte.

— Merci madame.

— De rien, j'ai une fille de ton âge et je sais ce que c'est.

— Quoi donc ?

— Rien, je me comprends.

— Bon.

Je ne sais pas ce qui était préférable : continuer à voir le visage du mort ou lâcher à ma mère de but en blanc que je devais aller à Cabaiguán, et supporter tout ce qu'elle aurait certainement à dire au sujet de ce voyage. Discours qui s'ouvrirait sûrement par un non catégorique suivi de l'affirmation que j'étais bizarre, mais vraiment bizarre. *Qu'est-ce que tu vas faire à Cabaiguán alors que t'y as jamais mis les pieds* ? *Accomplir la volonté d'un mort*, devrais-je lui répondre ; ma mère serait capable de m'envoyer à nouveau dans cette clinique pour adolescents, et je n'avais pas intérêt à alimenter la réputation de folle que j'avais déjà dans le quartier. Donc il fallait que je parte sans que ma mère le sache et que je rentre dès que possible. Je lui dirais ensuite que j'étais restée dormir chez une de mes nombreuses tantes, cousines ou copines.

Le lendemain, dans mon sac à dos, j'ai mis des livres ainsi que deux culottes, une serviette et ma brosse à dents, dès que je suis arrivée à l'école, j'ai dit au professeur de lettres que j'avais rendez-vous chez le stomatologue et à onze heures et demie du matin j'ai quitté la classe pour aller à la gare des bus. Je suis entrée et me suis dirigée vers les guichets où ils vendent les billets.

— Monsieur, vous savez si le camion qui va à Cabaiguán est déjà arrivé ? j'ai demandé à un employé.

— Oui, il est déjà là, m'a dit l'homme, en me regardant comme si je lui devais quelque chose.

— Combien ça coûte ?

— Jusqu'à Cabaiguán ?

— Oui.

— Quarante pesos.

C'est tout ce que je possédais, et ceci grâce au fait que j'avais vendu un mp3 de Joaquín Sabina à la seule personne de toute l'impasse qui l'appréciait à part moi, Johannes Stuart.

Bon, Aramís, c'est foutu pour toi, j'ai pensé en me dirigeant vers le Boulevard. *Moi je ne peux pas faire plus. Voler n'entre pas dans mes plans. Si tu continues à me rendre visite, faudra que je m'y habitue, comme à mes règles.* Ma mère n'était pas à la maison. À cette heure-là, une heure de l'après-midi, le domino et le boucan étaient à leur apogée, et je n'avais aucune envie de ressortir pour affronter les alcooliques qui ne manqueraient pas de m'alpaguer : « Ça pousse Berta, ça promet un corps de dingue, hein, qu'elles sont jolies les filles menues avec une bonne paire de fesses, si tu cuisines aussi bien que tu ondules je lèche l'assiette. » Alors j'ai mis mon sac à dos dans un placard à cet effet qui jouxtait l'Encanto, je suis entrée dans cette boutique et me suis mise à regarder les vêtements et les chaussures que d'après ma mère on s'achèterait un jour, ensuite je suis passée par une autre boutique, puis encore une autre, quand je suis arrivée à Mimbre j'ai vu un homme nu assis juste devant la porte d'entrée, les gens passaient à côté de lui sans tiquer, mais moi je me suis figée, il a levé la tête et m'a souri.

— Je te croyais à Cabaiguán, il a dit.

— Je n'avais pas assez d'argent.

— Joue le huit, mais il faut que ce soit de bonne heure, avant que les parieurs ne ferment.

— Combien je joue ?

— Ah, je sais pas, ça c'est à toi de voir.

Le Gringo

— Parrain, il y a ici quelqu'un qui veut vous connaître.

— Dis-lui de passer et entre, toi aussi, m'a-t-il dit. N'oublie pas de saluer la *Prenda*[1].

— Oui, parrain.

— Je peux la saluer moi aussi ? a demandé Prince.

— Bien sûr, vas-y.

— Merci.

— Je l'ai déjà vu quelque part, lui.

— Bien sûr, parrain, c'est le fils cadet des Stuart.

1 Une *Prenda* ou *fundamento* est un objet tel qu'une pierre ou un réceptacle avec différents éléments naturels et sur lequel est matérialisé un *oricha* ou une entité de mort. Il doit être alimenté régulièrement avec du sang animal pour conserver sa puissance.

— Tiens, vraiment ? Il paraît qu'il est très fort en discours.

— Si vous l'entendiez, parrain, on dirait un président.

— Et que fait-il ici ?

— Il veut une consultation avec vous.

— Pour ?

— Pour apprendre, parrain. Il en a assez des idioties de son père, et que je te sorte Jehova par ci, et Jehova par-là, comme si c'était la seule solution.

— C'est vrai ça, jeune homme ?

— Oui, monsieur, c'est vrai.

— Eh bien. Et la cathédrale ? C'est un sacré bâtiment qu'ils sont en train de construire chez toi, pour qu'au pire, à la fin, on ne vous laisse même pas y entrer : parce que vous êtes noirs, le Poder Popular et ceux du ministère de l'Éducation ne vont pas tarder à venir et à en faire une école, tu verras. Mais apparemment vous êtes pleins aux as, vous avez des relations à l'étranger. Moi pareil, j'ai des fils en Suède, au Danemark, en France, au Canada, aux USA ; j'en ai même un au Japon, Koizumi, tous les ans il m'apporte du thé et des céramiques, toutes ces décorations c'est lui qui me les apportées petit à petit… Je t'ennuie avec mes histoires ?

— Non, monsieur, bien sûr que non.

— Alors, saluez la *Prenda* et approchez, asseyez-vous ; toi, Gringo, dans ce fauteuil ; le garçon ici, juste à côté de moi, je veux le voir de près. Qu'est-ce qu'il est beau, et on voit qu'il est intelligent. Voilà les fréquentations qu'il te faut, Gringo, et pas ce Salvador, là, qu'on appelle la Porcasse, celui-là ne vaut pas un clou. Tu dois trouver des gens qui t'apportent des choses, et pas qui t'en privent, mon fils, écoute-moi bien.

— Oui, parrain, mais le jeune ici, est venu…

— Oui, je sais pourquoi il est venu, en réalité je savais déjà qu'il viendrait.

DEUXIEME PARTIE

Berta

J'aurais dû miser les quarante pesos, mais ma mère dit que mon plus gros problème c'est l'indécision, et elle a plus que raison. Je n'ai misé que vingt pesos. J'ai été à deux doigts de les jouer chez Chulo, le type du quartier qui prend les paris, mais je craignais l'arnaque, alors je suis allée jusque chez Cacha la Manca et j'ai toqué. Le mari a ouvert, un vieux qui se croit encore séduisant.

— Qu'est-ce qu'elle veut la beauté ? il a demandé.

— Parler à Cacha.

— Cacha, on te cherche, a crié le type, et Cacha la Manca s'est présentée en traînant ses savates.

— Entre ma fille et assieds-toi, on va pas te manger… T'as réfléchi à ce que je t'ai dit ?

— Oui, Cacha, mais ça ne m'intéresse pas.

— Bon, tant pis pour toi… Bien roulée comme t'es et avec cette tête de cruche, tu ferais baver tous les yanquis.

— Cacha, je suis venue parier sur un numéro.

— Tu t'es mise au jeu maintenant ? C'est bien ça, tu progresses… Parce que ça fend le cœur de vous voir, ta mère et toi, trimer pour trimer, j'te l'ai déjà dit moi, ce qu'il faut que tu fasses.

— Laisse la petite tranquille, Cacha, a dit le type, qui s'était assis sur l'un des fauteuils du salon d'où il me regardait, elle doit bien savoir ce qu'elle a à faire… Pas vrai ma jolie ?

— Cacha, je veux miser vingt pesos sur le huit.

— Sur le petit mort ?… Il sortira pas ce numéro, mise plutôt sur le vingt-quatre, il va pas tarder à sortir, c'est moi qui te le dis, ça fait des jours qu'il nous nargue.

— Non, Cacha, il faut que ce soit le huit.

— Ah ouais ? T'as fait un rêve ou quoi ? T'as eu une révélation ?

— C'est pas pour moi, je rends un service.

— C'est pour ta mère, je parie qu'elle s'est remise à boire, personne n'échappe à son destin.

— C'est pour Aramís.

— Et c'est qui celui-là, ton fiancé ?

— Un ami.

— Surveille tes fréquentations, j'espère qu'il trempe dans rien et que je vais pas me retrouver dans une embrouille.

— Non, Cacha, c'est un garçon de l'école, il est comme un frère pour moi.

— Il est blanc ?

— Oui.

— Ben tiens, voilà qu'elle en mord pour les blancs. C'est ton truc, c'est pour ça que tu veux pas te faire un yanqui. Mais blanc pour blanc, il y a qu'eux, ma fille ; ceux d'ici sont des saletés.

— Si vous le dites, Cacha, mais je suis un peu pressée… Je dois réviser.

— Réviser, réviser, ça mène à rien… Donne-moi l'argent.

Le Gringo

— T'as vu c'est facile, pas trop de blablas ni de chichis.
— C'est vrai, Ricardo.
— Je te l'avais dit que t'allais l'adorer, parrain c'est le meilleur.

Pablo Argüelles Lara, le parrain

Oui, le Gringo me l'a amené, mais Zarabanda Sept Éclairs m'avait déjà annoncé qu'il viendrait et que je devais rester prudent, bien l'observer, et ne pas me fier aux apparences. Oui, c'était un très joli garçon. Oui, sa peau n'avait pas un seul bouton, pas une seule cicatrice, comme si on venait tout juste de le déballer d'un papier cellophane. Je ne lui ai pas dit grand-chose, je ne lui ai pas parlé de son futur, ni de ceci ni de cela, ni promis que j'allais lui jeter les cauris et lui lire l'avenir, ni rien, pas un conseil, qui suis-je pour dire quoi que ce soit à quelqu'un qui vient pour apprendre et qui te regarde pourtant comme s'il savait déjà tout, comme s'il te faisait grâce de sa visite pour te faire gober n'importe quoi et qu'après, tu inscrives sur une plaque : « Ici est venu Samuel Prince Stuart un jour de grande chaleur ? »

Ce jeune homme n'est pas quelqu'un de bien, j'ai pensé quand il est parti, le Gringo non plus, mais il ne lui arrive pas à la cheville, ensemble ils forment un duo de mauvais augure.

Je cherchais un moyen de me faire une réputation de caïd, donc je suis allé chez Ordóñez, qui venait de sortir de prison, et j'ai débarqué en cognant à sa porte. « C'est qui putain ? », une grosse voix s'est faite entendre de l'intérieur. La porte a crissé en s'ouvrant, et la femme d'Ordóñez a d'abord passé sa tête pleine de bigoudis, puis son corps à moitié couvert d'une vieille robe de chambre, et m'a lancé un regard haineux.

— Qu'est-ce qui t'arrive ? elle a dit.

Je l'ai regardée de la tête aux pieds : elle était bonne, on voyait une de ses cuisses presque entièrement, et le début de ses seins.

— Ordóñez est là ?

— Ordóñez, il y a un mecton qui te cherche, a-t-elle crié, et j'ai pensé : *Un mecton, mon cul ; tu paies rien pour attendre. T'as intérêt à commencer à mettre ton corps à l'épreuve parce que tu seras bientôt veuve, et la seule chose que tu sais faire, toi, c'est baiser.*

En plus, moi, Ordóñez, je l'avais dans le collimateur depuis longtemps. Il a été mêlé à la mort de mon cousin Luis ; c'est pas lui qui l'a tué mais il était en train de boire à sa table quand Luis a été poignardé, tout le monde disait : « Ordóñez c'est un naze », mais ils avaient peur de lui. Pas moi, moi j'allais le hacher menu.

— Sors, je lui ai dit quand il a montré sa face épaisse. Prends une lame bien aiguisée et ramène-toi.

— Pour quoi faire ? a-t-il dit, jouant les innocents.

— Tu sais bien.

— Je suis censé aller nulle part.

— Ordóñez, qu'est-ce qu'il te veut ce couillon ? a demandé sa femme, puis : Tu viens de sortir du trou, va pas te créer des problèmes Ordóñez, cette fois, compte pas sur moi pour t'apporter des vivres tous les dimanches au parloir… Paie-lui ce que tu lui dois, allez Ordóñez, donne-lui-z'en au moins un peu, si c'est trop.

— Je ne dois rien à personne.

— Et comment que tu me dois, j'ai dit. Luis est mort.

— Mais je ne l'ai pas tué.

— Mais tu étais là.

— Quel rapport ? Écoute, mec, s'il te plaît, passe ton chemin, parce que je viens d'être libéré et je veux la paix, ne me pourris pas la vie.

— Oui, le Boyau, s'il te plaît, trace ta route gamin, elle a dit. Tiens, rentre, bois un jus d'orange pour te rafraîchir, allez, je te connais depuis que t'es né.

— Je veux ni rafraîchissement, ni rien du tout, c'que j'veux c'est que ce rat d'égout aille chercher un couteau et vienne avec moi.

Berta

Le lendemain Cacha vient me trouver. « Ton numéro est sorti », dit-elle en me tendant l'argent enveloppé dans du papier journal. « Achète-toi des vêtements. » Je ne lui dis pas que c'est pour aller à Cabaiguán satisfaire l'exigence d'un mort, je la remercie et lui demande de ne rien dire à personne, surtout pas à ma mère, parce qu'elle va chercher la dispute et j'ai pas le cœur à ça.

— Voyons, ma chérie, à qui veux-tu que je le raconte, ta vie tu la mènes comme ça te chante, tu me prends pour qui ?

— Excusez-moi, Cacha.

— Mise sur un autre numéro, a-t-elle ajouté, profite de ta veine, parce que c'est pas tous les jours.

— Merci mais ma mère me tuera si elle l'apprend.

C'était deux mille pesos, la plus grosse somme d'argent que j'avais jamais vue de ma vie, j'en ai caché mille cinq cents sous le matelas, j'ai rangé le reste dans mon sac à dos et le lendemain matin je suis partie à l'école. « À c't'aprèm », j'ai dit à ma mère en l'embrassant.

— Qu'est-ce qui t'prend d'être aussi câline ?

— Rien, maman.

Le Gringo

Maintenant il y a un noir président, c'est ce que m'a dit Billy Holden avec un sourire jusqu'aux oreilles, supposant que je devrais m'en réjouir. Il me l'a dit hier, quand il m'a apporté le repas : « Eh, l'un des nôtres est le président de l'Amérique. » « Super », ai-je approuvé, même si au fond moi, ça me fait une belle jambe, tout noir que je puisse être, il va pas me gracier. Quand ils lui diront ce que j'ai fait, il va peut-être même avancer la date de mon exécution, alors ça m'est bien égal.

Si la Porcasse était là, elle serait sûrement très heureuse. La Porcasse est toujours aussi bêtasse. Mais moi, on me la fait pas ; un noir président et alors, tout le monde s'en tape, ça n'émeut personne.

Berta

Arriver dans un grand village qu'on avait d'abord cru petit, qui s'avère plein de maisons en dur, de péquenots sur des motos qui roulent à toute vitesse en larguant de la fumée par le pot d'échappement et de bouseuses qui ont la grosse tête, regardent tes baskets chinoises sous toutes les coutures, puis leurs Adidas, en te jugeant de la pire espèce. Arriver dans ce village après un voyage de quatre heures à bord d'un camion plein à craquer sans une seule fenêtre, et demander :

— Pardon, vous ne connaîtriez pas par hasard une certaine Araceli ?

« Non, je ne la connais pas », me répondaient certains.

— Araceli ? Araceli comment ? me répond enfin une dame assez âgée qui se promenait avec un thermos et vendait du café.

— Je ne connais pas son nom de famille, j'arrive de Cienfuegos à sa recherche.

— Et qu'est-ce qu'elle vend ?

— Que je sache, rien.

— Si tu ne connais pas son nom de famille, et qu'elle ne vend rien, alors il vaut mieux que tu retournes à Cienfuegos et que tu reviennes quand t'auras plus d'informations.

— Non, je ne peux pas revenir, si je repars c'est pour de bon.

— Comme tu voudras. Tu veux un café ?

— Non, je ne bois pas de café.

— Bois, ça te fera du bien.

— Merci… L'Araceli dont je parle est la fiancée ou la femme d'un certain Aramís.

— J'en connais un, d'Aramís.

— Il est comment ?

— Très blanc, les cheveux noirs.

— Ça doit être lui.

— Cet Aramís-là je le connais oui, tout comme son père et ses frères… Tu es avec lui ?

— Non, madame, c'est pas ça.

— Alors il fricote avec ta sœur ? Parce qu'il a vendu une paire de bœufs, il est parti à Cienfuegos sous prétexte d'acheter une moto et il n'est jamais revenu… S'il n'est pas parti aux States, il doit être là-bas avec une négresse vu comme il a toujours raffolé des noires.

— Il m'a chargé de porter un message à une certaine Araceli. Réfléchissez, s'il vous plaît, il doit bien y avoir une Araceli.

— Araceli ? Araceli ?… La seule Araceli que je connaisse est la femme de Ferreiro, et je vois pas quel message tu pourrais lui apporter de la part d'Aramís Ramírez… Je veux dire, que je sache, Ferreiro et Aramís se sont jamais fréquentés.

— Et où est-ce que je peux la trouver ?

— Et quel est le message ?

— Un truc sans importance.

— Alors dis-le-moi.

— Il m'a demandé de le dire à personne.

— Tu es bien jeune pour faire tant de mystères.

— Que voulez-vous ? On est comme ça nous, les gens de Cienfuegos.

— De belles chiasses, voilà ce que vous êtes, vive Santa Clara.

— Si vous le dites. Où vit l'Araceli en question ?

— Tu continues sur cette rue et tu tournes à droite, c'est la deuxième maison… je crois que la porte est peinte en bleu.

— Merci.

— De rien. Fais attention, les types ici sont dingues des négresses… parce qu'elles courent pas les rues.

Aramís

Tout ce qu'on peut dire sur la mort est en deçà, tu t'y enfonces seconde après seconde, et au moment où tu t'y attends le moins, t'es déjà en plein dedans, tu commences à t'en apercevoir quand tout devient relatif, lointain, froid et distant… parfaitement, froid et distant. Je suis déjà mort, façon de dire que je suis déjà de l'autre côté du mur d'où je peux voir la vie à travers une fente, une seule, et cette fenêtre c'est toi, Berta, ma fenêtre, par laquelle je peux me voir arriver à Cienfuegos à la recherche d'une moto, je vois le visage fiévreux de l'homme qui m'a tué, je vois le liquide pénétrer dans ses veines et le tuer à son tour, et je découvre alors que toute vengeance est inutile, une simple longueur d'avance, je suis heureux d'avoir abandonné mon corps de jeune mâle tout en muscles et mon visage que les hommes m'enviaient et que les femmes aimaient, je suis content d'être parti, Berta, vraiment content ; pourtant, pourtant… elle est là ? Dis-le-moi Berta. Et si oui, dis-lui que je n'arrive pas à l'oublier, j'essaie, mais la tristesse de ne pas avoir été à la hauteur m'empêche de m'élever, d'atteindre les sphères auxquelles j'aspire. Dis-le-lui Berta, dis-lui : « Araceli, Aramís est ici à côté de moi, il est mort, mais c'est comme s'il était vivant car il a toujours aussi mal quand il pense à toi, il voudrait t'en dire plus, il voudrait te raconter des choses sur l'au-delà, sur la mort, mais c'est interdit, cette porte-là est fermée de sept sceaux et il est obligé de se taire, mais s'il en allait autrement il aurait déjà parlé. » Dis-le-lui, Berta, dis-le-lui. Comment va-t-elle ? Elle est jolie.

« Oui, elle est habillée en blanc et porte des sandales magnifiques. »

Alors dis-lui qu'elle aille chez mon père, sous le prunier qui est près de la porte, est enterré un vase avec douze bagues en or ; dis-lui de t'en donner une et de garder les autres pour elle, comme ça elle pourra abandonner son taré de mari, dis-lui qu'elle est trop belle pour lui ; dis-le-lui, Berta, dis-le-lui.

« Elle ne va pas me croire. »

Dis-le-lui.

« D'accord. »

— Qu'est-ce qu'il a dit ? a demandé la jeune fille blonde.

— Il te dit d'aller chez son père, et que là-bas sous le prunier...

— Demande-lui qui l'a tué.

— Il dit que ça n'a pas d'importance, que tu dois aller jusqu'au prunier...

— Sortez de chez moi, a dit la jeune fille blonde en se levant. Dehors !

Le Gringo

Ils vont me tuer, oui vous avez bien entendu, ils vont m'injecter un genre de mixture dans les veines pour que je m'endorme et ne me réveille plus ; assises en face de moi, de l'autre côté de la vitre, se tiendront les familles des Américaines que je me suis faites, ils seront tous là à me regarder, à me voir mourir à petit feu : « *It's show time.* » Ils vont me tuer, en tout cas c'est ce qu'ils croient, mais peut-être que je vais me transformer en insecte ou en petit oiseau, devenir un colibri, et m'échapper par la fenêtre avant qu'ils m'injectent le premier liquide, c'est celui-là qui fait mal, qui te fait dormir, en tout cas c'est ce que dit mon gros noir de gardien ; il dit aussi que s'il avait eu ma belle gueule, il aurait pas passé son temps à tuer des femmes, mais il a eu le malheur de naître avec une putain de face de loutre marine, alors il a dû s'employer à ça, à surveiller des condamnés à mort, même s'il jouait au football américain avant de se blesser au genou. « Vous, vous êtes fait pour la politique, pour être gouverneur de l'État, je lui dis, maintenant qu'on a un noir président, peut-être qu'on va vous nommer. Mais lui : « Nan, les politiciens mentent sans arrêt et moi c'est pas mon truc, tout ce que je veux c'est pouvoir payer mes *taxes* et que Teresa m'aime. » Teresa c'est sa femme, une grosse noire avec une bonne tête, de temps en temps elle m'envoie des crêpes et un morceau de barbecue qu'on prendrait pour du plastique. « Si j'avais connu quelqu'un comme Teresa quand j'habitais Cuba, les choses n'auraient pas autant déraillé », je me leurre moi-même parfois, mais depuis mes quatorze ans je n'ai connu que des putes mauvaises, hypocrites, et des femmes méprisantes comme cette Johannes, la diablesse.

Rogelio

Un temple, une chose qui en ces temps où tout décline, ose se lever, se dresser, et dire : « Je suis là malgré tout, je suis là, regardez-moi. »

Le Boyau

J'allais le démolir. Quand je l'ai appelé pour qu'il sorte j'avais dans l'idée de le démonter et que le malheur m'emporte, que je m'y noie, moi le paria né, mais il n'est pas sorti, n'a pas pris de couteau ni rien dans le style. Je crois même qu'il s'est pissé dessus. Il s'est contenté de me regarder planté derrière sa femme, et moi qui criais « poule mouillée, pédé » et tout ce qui me passait par la tête.

Le Gringo

Je ne voulais pas savoir ce qu'ils nous injectaient, mais ce couillon de Billy Holden a cherché pour moi et m'a même apporté une notice où ils décrivent, en s'étalant avec ce luxe de détails coutumier des Américains, les avantages du penthotal de sodium sur d'autres substances chimiques également employées pour les injections létales. « Penthotal de sodium », je me le suis murmuré plusieurs fois à voix haute, mais ça ne m'évoquait rien, pas comme si j'avais dit « coup de couteau » ou « coup de machette. » Ce Holden passe sa vie à fortifier ses muscles. Il doit avoir le métabolisme d'un rat d'égout : il se mange une grande portion de poulet de chez Kentucky, et au bout de deux heures il est déjà de nouveau affamé. À Cuba, avec une seule de ces barquettes de poulet, on peut nourrir un régiment et il en reste même pour le lendemain. C'est un goinfre ce renoi et je me prive pas de lui dire.

— Si tu finis en prison tu peux dire adieu à tes fesses, et il rit en contemplant ses biceps qu'on prendrait plutôt pour les cuisses d'une grosse, il croit que ça suffit pour être un dur.

Il se trompe. La Porcasse aussi avait de la force mais pas de courage, il frimait mais au fond c'était juste un lapinou, alors dès que les ripous sont partis, je suis allé le chercher et je lui ai dit :

— Porcasse, il faut se tailler d'ici. Mais moi ils m'ont dans le collimateur, et la traversée en canot jusqu'aux States ça coûte au moins dix mille dollars par tête de pipe. Donc tu m'as compris, tu te pointes au *shopping center* la Mimbre et tu descends un trouduc, mais un avec du *money*. Vas-y, moi je t'attendrai.

— Je suis pas fait pour ça.

— Ah non ? Et t'es fait pour quoi au juste, putain de Porcasse ?

— Pour le reste, pour vendre la viande.

— Eh ben écoute-moi, tu vas devoir t'y faire, parce que là on a grillé toutes nos cartouches, ils sont déjà sur nos traces.

— Dans quel genre de trafic tu m'as embarqué ? a demandé la Porcasse en me regardant de ses yeux peureux, puis il m'a dit qu'il ne voulait pas partir aux States, que sa mère était très vieille, alors qui allait s'en occuper ?, et qu'en plus le froid lui donnait de l'urticaire.

— De l'urticaire t'en auras quand ils te fusilleront. L'AKM creuse dans la poitrine des trous gros comme des poings, ensuite ils t'enterrent avec des chemisettes à carreaux à la monsieur-tout-le-monde pour que personne voit tes énormes crevasses.

— Mais j'ai tué personne moi, a insisté la Porcasse.

— La faute est autant à celui qui tue la vache qu'à celui qui l'attache, je lui ai dit, et de nouveau il a secoué la tête, alors j'ai pensé : Je vais liquider cette immonde Porcasse avant qu'elle me balance, je vais la démolir et je vendrai sa viande à ces abrutis de Punta Gorda qui mangent du plouc. Porcasse, rendez-vous demain dix heures chez Tita, c'est là qu'on fera le coup, je compte sur toi.

— Et si j'en trouve aucun de plouc ?

— Trouve-le et dis-lui que t'as une Chevrolet année 59 avec moteur diesel à vendre.

Le Boyau

J'allais le fracasser. Quand je lui ai dit : « Sors », c'était pour le fracasser, mais un truc l'a sauvé, en tout cas c'est ce que je me disais à l'époque. Aujourd'hui je pense : C'est moi qu'il a sauvé. À l'heure qu'il est je serais en prison avec Nacho les Babouines et le Gros Gris à nous dévisager les uns les autres pour voir qui allait se taper qui, et certainement pas ici à Barcelone en train de baiser des blanches à qui il faut servir du « Madame », des blanches avec des bonnes cuisses, pas des maigrichonnes avec des petites cannes. C'est grâce au fait que ce dépravé m'a laissé en plan que j'ai progressé dans la vie. C'est ça une vieille taularde ? C'est ça un vieux crabe ? j'ai pensé en le voyant si effrayé par ce que pourrait lui faire un gamin comme moi, d'à peine seize ans à l'époque. Maintenant, ici à Barcelone, quand les gros durs passent à côté de moi je les remarque même pas, quoique, un jour, devant une bouche de métro, un blaireau m'a balancé en catalan : « À bas les noirs », il me l'a hurlé en pleine face. Je me souviens encore de ses cheveux verts et de sa veste en cuir. Ils étaient trois, mais seul le plus casse-cou d'entre eux a parlé, les deux autres avaient l'air un peu gênés. « Ce putain d'Arabe comprend pas le chrétien », a-t-il dit à ses amis voyant que je répondais pas, c'est que j'allais au boulot. Je travaillais comme videur dans un club en ville et je n'avais pas intérêt à salir mon costume, alors j'ai soupiré dans l'intention de laisser couler, mais le gars aux cheveux verts a recommencé à m'appeler l'Arabe, puis le singe noir, il s'est approché et m'a soufflé son haleine à la figure, et s'il y a un truc que je ne supporte pas c'est bien ça, et puis moi, si on me cherche, on me trouve. Je les ai frappés tous les trois. C'était comme si j'étais de retour à Cienfuegos, je les ai cognés de bon cœur puis j'ai sorti ma bite et j'ai pissé à la gueule du mec aux cheveux verts, je m'en foutais qu'il soit catalan et qu'on soit dans la putain de ville comtale, moi quand on me cherche on me trouve. « Ces noirs, il faudrait les déporter », a dit une femme derrière moi, mais je suis citoyen espagnol, j'ai mes papiers en règle, je suis marié avec Jimena, une catalane, et mon beau-père est tellement radin que même pour manger une pomme il faut lui demander la permission.

Berta

Si je ne suis pas devenue folle à cette occasion, je peux enfin dormir sur mes deux oreilles, la folie me gagnera jamais, parce qu'au moment où cette fille avec sa tête de malheureuse, de « fallait-que-ça-tombe-sur-moi », m'a demandé de sortir de chez elle, le mort m'a littéralement pris par le bras, et il n'y a rien de pire que d'être touchée par un défunt. Quand un ectoplasme te tâte de ses doigts froids, ce n'est pas sur le bras que tu le sens : c'est en plein cœur, tu sens tes battements s'éteindre et tu restes hébétée, flottante.

« Dis-lui que je suis là », a insisté Aramís.

« Je lui ai déjà dit », j'ai répondu.

« Répète-le-lui, dis-lui qu'elle me manque, qu'elle doit te croire et qu'elle ne s'inquiète pas, son mari est chez Javier en ce moment et ils viennent d'ouvrir une bouteille de rhum, il en a pour un bout de temps. »

J'ai tout répété à la fille blonde, qui m'a demandé :

— C'est un rhum de quelle marque ?

« Havana Club 7 ans », a dit le mort.

— Havana Club 7 ans, ai-je répété, et elle a éclaté en sanglots : c'était vrai, son mari ne buvait que du Havana Club.

— Dis-lui de te dire qui l'a tué, demande-le-lui, a-t-elle insisté avant de s'écrouler à nouveau dans un canapé, tout près d'un tableau où un Sacré Cœur de Jésus nous regardait avec douceur.

« Dis-lui que ça n'a pas d'importance, répond le mort, ça ne lui causerait que du souci, pour moi le temps n'existe plus et je peux voir à présent la solution létale pénétrer dans les veines de mon assassin, je peux le voir se tordre. »

— Demande-lui comment je vais mourir, a-t-elle alors demandé, jusqu'à quand va durer ce martyre, jusqu'à quand je devrai supporter cet animal ?

« Dis-lui de ne pas avoir peur, d'aller là où je lui ai indiqué et de prendre l'or, de t'en donner un peu puis de fuir avec toi. »

« Moi ? Pourquoi moi ? »

« Façon de parler, a dit le mort, même si j'aimerais que vous restiez ensemble, Araceli aime la poésie, comme toi. »

« Oui, mais moi j'ai ma vie, j'ai une mère, je suis de Cienfuegos. »

« Et tu vis dans un quartier où t'as toutes les chances de te faire tuer et violer par la même occasion. »

Le Gringo

J'utilisais mon grand chaudron en fer forgé du Palo Monte où j'ai fait bouillir les têtes pour voir s'en détacher jusqu'au dernier lambeau de chair et de peau. Puis avec un marteau, je réduisais les crânes en morceaux et demandais à mon parrain la permission de les mettre dans la Nganga, je lui ramenais aussi une phalange des doigts de chacun des morts et deux bouts d'os de chevilles. Je réservais un sort à part au crâne de la Porcasse. Salvador la Porcasse allait travailler pour moi. Je serais le maître de sa tête, il n'y a rien de mieux qu'un mort lâche comme lui, un mort trouillard te prévient de tout à l'avance. Donc j'ai affûté mon couteau et je l'ai attendu, j'étais sûr qu'il viendrait seul, mais à ma grande surprise, il est arrivé accompagné. Une femme, une plouque.

— Regarde un peu c'que j't'amène, Gringo, a-t-il dit euphorique, en montrant sa grande gueule de noir qui passe pour un blanc. La demoiselle veut un climatiseur, elle a amené l'argent et tout et tout.

Je l'ai regardée, elle était assez jeune mais grosse, comme gonflée, elle avait même une gueule de diabétique. *Elle serait pas flic ?* j'ai pensé, parce que je n'aurais jamais cru la Porcasse capable de faire affaire avec une dame et de l'amener ici, même une de ce genre-là, dont la plouquitude était trahie par ses bottines rouge sang qui semblaient en cuir véritable sous le soleil de l'après-midi.

— Comment allez-vous, mademoiselle ? je lui ai demandé en lui tendant la main.

— On fait aller, a-t-elle dit.

— À l'aise hein, a dit la Porcasse, c'est mon pote, discuter avec lui ou avec moi c'est pareil.

Alors, avec ce côté naïf et mal dégrossi qu'ont les Cubaines, elle a franchi la courte distance qui nous séparait et m'a embrassé sur la joue. La pauvre, je me suis dit, si je n'avais pas autant besoin d'argent pour m'enfuir je l'aurais épargnée, mais il me fallait ce fric, et la Porcasse, l'autre candidat à la mort, n'avait pas un centime en poche, donc la parfaite aspirante au poste de cadavre c'était elle, il n'y avait pas d'autre solution.

— Asseyez-vous, mettez-vous à l'aise ; toi aussi, couillon, assieds-toi, on va pas te manger. Comment t'appelles-tu, poupée ?

— Amarilis.

— Quel joli prénom… Moi c'est Ricardo Mora, ici pour te servir.

— Mais je vous ai déjà vu quelque part, vous seriez pas artiste par hasard ?

— Chanter, celui-là ? Même pas sous la douche, la putain de Porcasse mettait son grain de sel.

— Non, ma belle, j'ai fait des études d'ingénieur en génie civil et je me charge de satisfaire les jolies filles comme toi.

— Ingénieur, c'est du haut niveau, et elle a eu l'air plus détendu, elle a même décroisé les jambes.

— Et toi ? Qu'est-ce que tu fais ?

— Non, moi je suis femme au foyer… Mon mari cultive le tabac à Chambas.

— Chambas, Ciego de Ávila, a ajouté la Porcasse euphorique, ouvrant des yeux qu'on aurait dit prêts à sortir de leurs orbites.

— Oui bien sûr, j'ai dit, Chambas, Ciego de Ávila, aucune chance que ce soit Chambas Del Trou-du-cul de la Porcasse.

— Ah, c'que vous êtes drôle, s'est-elle exclamée en me regardant avec ses yeux noisette de petite grosse qui devait être pas mal du tout une fois débarrassée de ce pantalon et de cette blouse trop serrée qui ne rendait pas justice à son corps.

— Tu veux une bière ? j'ai demandé. Abruti, ouvre le frigo et sors une lager pour chacun.

— Donc vous vendez un climatiseur, a-t-elle repris. Un grand modèle ?

— Énorme, LG avec télécommande et tout.

— Il est blanc ?

— Comme une noix de coco.

— Et vous en demandez combien ?

— Bon, celui-ci m'a coûté sept cents pesos cubains, je ne peux pas vous le laisser à moins de six cents cinquante.

Berta

Il m'a dit : « Allez, Berta, partez ensemble chercher l'or, n'attendez plus, le type va rentrer, dis à Araceli de ne pas faire ses valises, de toute façon à Cienfuego, ils vendent des vêtements de meilleure qualité. »

— Mais je peux pas m'en aller comme ça, penses-tu, il faut d'abord que j'en parle à mon mari. Si je pars, je parie qu'il appellera la police, et ils sont capables de venir me chercher et de me ramener ici, vous n'avez pas idée de ce que sont les péquenots du coin.

« Laisse-lui un mot », m'a ordonné de lui dire le mort, ce que j'ai fait, alors elle a pris du papier et un stylo.

— Qu'est-ce que je mets ? elle a demandé ensuite.

— Mets n'importe quoi, j'ai dit, mais Aramís a continué : « Mets : je ne t'aime plus, Alcibíades Ferreiro, tout est fini entre nous car tu es un homme trop violent pour moi et tu ne comprendras jamais la femme sensible que je suis, amoureuse d'art et de poésie. Adieu, Alcibíades, ne cherche pas à me revoir. »

— Si j'écris un truc pareil, tu parles qu'il va me pourchasser et avec une machette, alors on sera deux à mourir, elle a dit, et reposant le stylo sur la table elle a éclaté en sanglots.

« C'est pas le moment de pleurer, a dit le mort, fais ce que je te dis, il ne va pas te courir après parce qu'il est amoureux d'Elisa. »

J'ai répété.

— Elisa, cette pute ? elle a sursauté, ça lui a donné du courage et elle a repris son stylo.

Une fois la lettre terminée, la jeune femme a rassemblé le carnet contenant ses meilleurs poèmes, ses soutiens-gorge et culottes les plus neufs, un jean jamais porté, trois tee-shirts et la photo de sa mère morte peu de temps auparavant, et elle a fourré le tout dans un sac à dos.

— Attends-moi ici, m'a-t-elle dit ensuite ; elle est allée chez les voisins, a emprunté un pic et une pelle, et nous sommes parties à la recherche de l'or.

Il était bien là où le mort nous l'avait indiqué, un vase à l'intérieur duquel se trouvait un vieux sac en toile contenant douze bagues en or.

On s'est tirées à Cienfuegos en taxi et sur le chemin, on est devenues amies. On avait tant de choses en commun, c'était incroyable. Elle venait d'avoir dix-sept ans, donc elle avait pas mal d'années de plus que moi ; pourtant, comparée à moi c'était une enfant, elle serrait le sac à dos où on avait rangé l'or sur ses genoux, et moi je lui disais : « Détends-toi, Araceli, détends-toi. »

— T'es pas la femme de Ferreiro ? lui avait demandé le chauffeur alors que nous arrivions devant la maison où s'était arrêté un Cubataxi, de ceux qui n'acceptent que les dollars.

— Je l'ai quitté.

— Ferreiro va te tuer.

— Ferreiro est un sagouin, a dit Araceli, qui était encore sur sa lancée, gonflée de courage, si tu le croises, dis-lui de ma part qu'il ramène Elisa chez lui, et qu'à partir de maintenant elle peut lui laver son linge et lui soigner son ulcère à son foutu pied de diabétique de j'm'en foutiste de merde.

— Je lui dirai, a dit le taxi dans un soupir, puis, en se grattant un téton qui dépassait de sa chemise ouverte, il a demandé : Et elle, c'est qui ?

— Ma maîtresse, a dit Araceli, alors le taxi est devenu très sérieux et a déclaré qu'il avait déjà fini sa journée de travail et qu'il ne pouvait pas nous emmener, il était désolé mais il fallait qu'il en parle à Ferreiro.

Alors :

— Combien jusqu'à Cienfuegos ? a demandé Araceli.

— Cinquante dollars, mais si tu me donnes cent dollars cubains de plus, je vous dépose devant votre porte, et si c'est un hôtel je vous monte l'une après l'autre jusqu'à votre chambre en chantant la marche nuptiale.

— Ce ne sera pas nécessaire, a-t-elle dit et elle a sorti l'argent plus dix dollars, qu'elle a donnés au taxi pour qu'il tienne sa langue.

Rogelio l'architecte

Un jour quelqu'un s'est mis à en parler, et quand on a voulu l'arrêter il était déjà trop tard, la rumeur s'élevait encore plus vite que le bâtiment, elle nous submergeait. Le climat nous est devenu favorable, tout à coup, de tous les coins de Cuba arrivaient les dons, et là où j'avais prévu du granit nous avons pu mettre du marbre. Par ailleurs, la bureaucratie est devenue étrangement tolérante et nous octroyait les permis les uns après les autres comme si elle avait subitement décidé, du jour au lendemain, de se montrer bienveillante envers la congrégation du Saint Sacrement. Arturo jugeait que c'était tout simplement le souffle de Dieu qui planait sur nous, moi j'ai toujours su qu'il y avait autre chose, et un jour ma femme me l'a confirmé. « Tout le monde dit, m'a-t-elle annoncé, qu'à Cienfuegos on construit la Cathédrale des noirs. » J'en suis resté assomé. J'ai dû m'asseoir. Elle m'a servi un verre d'eau et j'ai alors compris pourquoi ils étaient si nombreux à s'être montrés compréhensifs voire complices, pourquoi cette multitude de voisins nous aidait, pourquoi le temple même avait tendance à nous submerger, à grossir plus que de raison, au point de ressembler à un bâtiment schizophrène ; pourquoi je faisais moi-même exploser les plans, en le mettant sur le compte de l'argent qui affluait, et en décrétant un entre-colonnement de dix mètres là où il n'était que de cinq. J'ai tout compris. J'ai compris que le temple était maudit, corrompu, qu'il n'était pas simplement conçu comme une ode aux personnes avec beaucoup de mélanine dans la peau, mais qu'on l'appelait Cathédrale des noirs au nom de ceux qui portent la haine dans leur cœur, et rien n'a pu me faire renoncer à cette certitude. J'ai donc apporté les dernières modifications aux dizaines de plans et suis allé trouver Arturo Stuart. « Je rends mon tablier », je lui ai dit en lui remettant les dessins. « Cherchez-vous un autre architecte. » Toute la famille était présente, Johannes assise à la table du salon réalisait l'esquisse d'un cheval, tandis que la mère et les deux garçons regardaient la télévision. Arturo Stuart ne s'est pas démonté. « Tu veux plus d'argent ? », m'a-t-il demandé là, devant sa famille, comme si je n'étais qu'un vulgaire commerçant.

— Ce n'est pas une question d'argent, je lui ai dit.

— Alors c'est quoi ?

Il m'a paru si irrationnel de lui sortir que le temple était maudit, que nous érigions la cathédrale du mal, que cet ange qui m'en avait soufflé la forme en rêve n'était autre qu'un ange déchu, que je me suis vu obligé de lui dire :

— J'ai mes raisons, mais je préfère les garder pour moi, en définitive ce dont vous avez besoin maintenant, c'est moins d'un architecte que d'un ingénieur civil, quelqu'un qui parvienne à venir à bout de cette folle entreprise qu'est devenue le temple que nous avions imaginé mesuré, rationnel, quasiment comme un retour aux principes de Le Corbusier… Mais, malheureusement, le temple est malade, et je ne possède pas le médicament pour le guérir, je n'ai pas non plus la trempe d'un Gaudí pour poursuivre ce délire, c'est ma propre salvation qui est en jeu.

« C'est ma propre salvation qui est en jeu », lui ai-je répété, maintenant tout ceci me paraît un peu fou. Quand on est parti pour dire ce qu'on pense, on sort de ces trucs qui vous glacent ; mon unique chance d'accéder à la célébrité, de rester dans l'histoire, je le comprends maintenant, c'était ce bâtiment, et je l'ai éliminée, j'y ai renoncé comme si cela m'était égal.

À l'époque, je le sais, j'étais un peu perturbé, trop de nuits sans sommeil, trop de café, trop d'exigences et trop d'argent pour un bâtiment qui croissait, qui s'étalait, qui à demi-construit était déjà plus grand que la cathédrale catholique de Cienfuegos, celle-là même qui depuis le parc Martí semblait nous regarder, méfiante.

Ibrahim

Le temple s'est mis à décoller comme le font les avions, à se faire l'allié de l'air, le maître des vents. « Nous fabriquons un livre, ceci est un livre de pierre », nous disait Arturo Stuart, et en le regardant droit dans les yeux on n'avait aucun mal à croire ce qu'il disait parce que nous édifiions réellement un livre sacré. La cathédrale grandissait et avec elle notre soif d'amour, de rivaliser avec les véritables chrétiens, nous édifiions le temple de la fin des temps, la nouvelle Jérusalem se dressait désormais à Cienfuegos, nous avions le sentiment que rien ne pouvait nous arrêter, nous allions au travail en chantant, nous, les humbles, cessions de l'être ou le devenions plus encore, et rien ne pouvait nous arrêter. « Nous fabriquons un livre », nous a dit Arturo Stuart et il nous a parlé des cathédrales gothiques érigées à l'époque du catholicisme triomphant, qui n'étaient en définitive qu'une ode à Dieu, ils nous a dit que ce serait quelque chose dans ce goût-là, notre église, une véritable ode à Dieu, et quand il l'a dit nous nous sommes tous levés en chantant les louanges du Seigneur.

— Ce temple n'a ni queue ni tête, me disait ma femme quand je lui ai raconté. On ne peut pas se mettre à frire du poisson et prier en plein milieu de la cuisson pour que ça devienne du poulet. Poisson ou poulet ? Ça peut pas être les deux… Au début ils ont commencé par faire quelque chose de modeste pour que la congrégation ait un lieu où se réunir, maintenant c'est autre chose, maintenant ils veulent épater la ville de Cienfuegos et à travers elle le monde entier. Les autorités ne laisseront pas faire, on parie quoi ?

Ma femme n'a pas trop la foi, je suis marié avec elle depuis vingt ans et c'est ma croix, je n'ai pas réussi à lui faire régler ses différends avec le Christ, je la respecte parce qu'elle est la mère de mes enfants et qu'elle s'inquiète beaucoup pour moi, mais elle devrait faire attention à ce qu'elle dit.

— Regarde-toi comme t'es maigre, a-t-elle poursuivi. Ça fait presque six ans que t'es empêtré dans la construction de cette église, si au moins c'était une micro-brigade et qu'on nous attribuait une maison, mais entretemps ici, on n'a pas de beurre, on n'a rien, et Elsa n'a pas de chaussures, dernièrement je l'envoie à l'école avec ses sandales des grandes occasions, j'en peux plus… J'emmerde le jour où tu t'es entiché de Jehova.

— De Yahvé, je lui ai dit, car Yahvé est le vrai nom de Dieu – j'en profitais pour l'instruire. Un jour tu connaîtras le Christ et tu verras alors que chaque sacrifice a été utile, que rien n'a été vain, ce jour-là viendra.

— Pourquoi tu t'es pas plutôt lancé dans la loterie ? a-t-elle répliqué. J'aurais préféré que tu sois preneur de paris, au moins, dans cette maison, on serait pas au centime près. Je ne sais pas ce que je vais faire, franchement, je ne sais pas, au boulot ils vont réduire le personnel et je suis la première sur la liste, je suis quasiment à la rue quoi… Dis à Stuart qu'il te donne un petit quelque chose, qu'il te paie. Il y a suffisamment de dollars qui lui arrivent dans sa petite église pour que tu cesses de travailler gratos. Toi tu trimes, et eux ils sont comme Crésus… jusqu'à quand, l'Arabe ?

— Tais-toi.

Le Gringo

Quand je suis arrivé à Portland, il n'y avait presque pas de latinos, et des Cubains encore moins, alors dès le départ ils ont pensé que j'étais un noir yanqui. J'ai dû me mettre à parler la langue des blacks, pas l'anglais des *whites* qui mettent des « do » devant à tout bout de champ. Aucun noir ne dit : « *Do you want to drink ?* », comme on me l'a enseigné à l'école de Miami. Ils balancent : « Youguandrink ? » et basta, et si jamais tu parles autrement ils pensent que tu veux jouer les marquis, que t'es un satané universitaire ou quelque chose dans le genre. Moi, celui qui m'a motivé à partir illico à Portland, c'est mon frère. Quand je l'ai croisé à Little Havana, il m'a emmené dans son petit appart et après m'avoir filé plusieurs bières, offert cent dollars et deux vêtements de rechange, il m'a dit qu'il faisait le livreur de pizzas à domicile et que ça marchait bien pour lui. Moi à l'entendre, j'ai rigolé.

— Venir d'aussi loin pour livrer des pizzas, je lui ai dit, à d'autres. Je suis ici pour triompher

— Mais il n'y a pas de travail, et les *taxes* me foutent dans la merde, ici on paie des impôts pour tout.

— Et pourquoi tu rentres pas dans la mafia ?

— Tu regardes trop de films. Ici c'est le règne de la loi. Pour faire du trafic de drogues ou ruser, tu dois avoir des tuyaux, ça se fait pas comme ça. Écoute, on n'est pas à Cienfuegos, penche-toi par la fenêtre pour voir les gratte-ciels. Ici on ne peut même pas se déplacer à pied, si t'as pas de voiture laisse tomber t'es foutu, alors t'imagines… mafieux ? Sans blague.

— Ben moi je suis venu ici pour réussir, si c'est pour faire du porte-à-porte je serais resté à Cuba.

Depuis son fauteuil, la femme de mon frère – une petite métisse aux traits orientaux qui s'est avérée ensuite être salvadorienne – me regardait, affolée, pressée que je m'en aille avant que je lui pervertisse son homme.

— Et les gens du quartier, comment ça va ? m'a-t-il demandé.

— À ton avis ? Tranquilles, tu penses bien, je lui ai répondu et je me suis enfilé une longue rasade. Le dernier que j'ai vu c'est la Porcasse, il aurait voulu venir mais il s'est mis à boire et il a perdu une partie de son fric au bar du Russe avec une nouvelle putain, une certaine Yusimí.

— Yusimí Cabrera ?

— Je sais pas, Yusimí quelque chose.

— Une brune aux yeux verts ?

— Bingo.

— Bah, Salvador est toujours aussi minable, mais il vaut peut-être mieux qu'il soit resté là-bas. Ici il faut beaucoup travailler et ne rien devoir à l'État, c'est pas comme à Cuba.

— C'est pire, je lui ai dit. À Hialeah, des Portoricains m'ont abordé pour me vendre de la drogue.

— C'est ta façon de t'habiller, a dit mon frère et il m'a regardé d'un air de reproche. T'as dépensé tout l'argent que t'as rapporté de Cuba dans les grandes galeries. En plus, ces Portoricains ont des relations, ici rien ne se fait sans relations.

— Comment veux-tu que j'm'enrichisse si j'ai l'air d'un bouffon ? j'ai demandé à mon frère, puis j'ai regardé la Salvadorienne qui, bien qu'elle n'eût pas un corps de rêve, n'était pas tout à fait dégueu. Si l'idée c'est de continuer à porter des tee-shirts bon marché, je serais resté à Cuba.

— Toi, t'es pas fait pour Miami, ton truc c'est Chicago, New York ou quelque chose dans ce goût-là, m'a lâché mon frère, et j'ai repris une gorgée, alors il m'a parlé de

Portland, il m'a dit qu'il y était allé en vacances, que ça lui avait plu, mais que l'arôme des fleurs lui donnait de l'allergie ; en plus, il y faisait froid pour de bon, un froid arctique, de ceux qui brûlent jusqu'aux oreilles, le ciel était gris et il fallait porter vingt couches par-dessus le bazar pour ne pas finir congelés. Les noirs qui vivent là-bas se mettent à pâlir, a-t-il dit, et quand ils rentrent à Cuba c'est tout juste si on les prend pas pour des blancs.

— En revanche il y a beaucoup de travail – la Salvadorienne a mis son grain de sel, et je leur ai dit à tous les deux que j'y réfléchirais.

— Profite bien de l'été, m'a-t-il dit, je lui ai répondu que oui, que j'allais prendre l'avion pour la première fois de ma vie, et un mois plus tard j'étais déjà à Seattle d'abord et à Portland ensuite.

À Portland, j'ai connu ma première Américaine, elle s'appelait Elsa Pound et souffrait de diabète, d'où les biscuits et Coca-cola sans sucre qu'elle allait acheter dans les *groceries*. C'est dans un de ces magasins qu'elle m'a vu alors que j'étais sur le point de retourner à Miami, un peu comme si elle m'achetait. Elle m'a parlé, et je l'ai parfaitement comprise parce qu'elle causait un anglais correct, comme dans les films. Les femmes dans ce genre, les petites grosses prétentieuses, les universitaires, ça me connaissait : à Cuba j'avais été avec une quarantenaire, fonctionnaire au Ministère du logement, qui croyait être la crème de la crème parce qu'elle pouvait confisquer sa maison à n'importe quel pauvre bougre. Je la baisais par tous les trous du moment que je pouvais rester dans son appartement et en dehors du quartier pour un temps, j'étais recherché par la police pour abattage illégal de gros bétail, comme ils disent.

À propos de bétail, mon premier mort, Aramís, est venu me voir de la part du parrain, il est toujours dans la Nganga à travailler pour lui et même si c'est un mort esclave, il se prend pour chais-pas-qui. Moi ça m'a fait doucement rigoler. Je lui ai dit : « Tu veux que je te vende une moto, le plouc ? » Il n'a rien dit, il a souri, parce qu'il sait que je serai bientôt mort moi aussi. « Mais au moins ils me mettront dans la casserole d'aucun babalo », j'ai dit. L'autre, celui qui voulait une télé à écran plasma, n'est pas venu me voir lui, apparemment mon parrain se le réserve pour une opération magique particulière. C'est la morte que j'ai ramenée de Cuba qui m'a foutu dedans, j'aurais pas dû écouter la Porcasse, j'aurais dû l'épargner, la grassouillette, mais elle avait tellement hâte d'acheter son climatiseur qu'au moment où j'ai fait marche arrière et commencé à mettre des freins : « T'as peut-être pas intérêt parce que ça tient pas ces appareils et pis faut me donner le fric tout de suite, en plus je propose aucune espèce de garantie », elle s'est levée de sa chaise, m'a d'abord pris par le bras puis a ouvert son sac à main et m'a montré l'argent.

— Regardez, tout est là, a-t-elle dit.

On n'a pas idée de me montrer autant d'argent à moi, comme si j'étais un pigeon docile, j'ai songé en lui donnant un coup de couteau dans le cou. Elle s'est immédiatement noyée dans son propre sang et est tombée comme un poussin. Elle avait une peau douce comme si on venait de la modeler. Ça se voyait que cette bouseuse se douchait avec un savon spécial avant de se badigeonner entièrement de crème. Elle sentait bon, un parfum doux, rien de tape-à-l'œil. La Porcasse m'a aidé à la déshabiller, en la contemplant avec des yeux comme des soucoupes, se disant que j'allais le laisser la niquer, mais je lui ai dit :

— Pas de ça ici, pour niquer il faut bien faire son travail, et qui t'a dit de ramener une femme, putain, hein, Porcasse de mes couilles ?

— Mais tu l'as tuée.

— J'avais plus le choix, j'ai dit, et alors j'ai senti que je bandais en regardant la morte, sa chair de petite dodue, sa peau de grassouillette.

Jamais je pourrais aimer une blanche dans le style, une grassouillette, mon idéal c'était Johannes, une noire athlétique, aérienne telle une princesse, mais Johannes ne m'aimait pas, et cette Amarilis avait un truc. Alors j'ai dit à la Porcasse d'aller chercher les ustensiles. Une fois seul, j'ai nettoyé le sang de la pedzouille avec un chiffon puis je me la suis enfilée. Je n'aurais pas dû : qu'on te tue et vende ta chair par nécessité c'est une chose, qu'on abuse aussi de ta dépouille mortelle c'en est une autre, bien différente. « Prends ton temps », j'avais conseillé à la Porcasse, et quand elle est revenue j'étais déjà en train d'en faire du bifteck.

Cette morte a précipité ma perte, j'aurais jamais dû rien prendre à elle avec moi dans le Nord, j'aurais dû la donner à mon parrain ou la laisser tranquille à Cienfuegos, mais à l'époque j'étais pas au fait du désir de vengeance des morts, je croyais qu'ils n'étaient que des esclaves.

La Porcasse l'a échappé belle parce que j'allais me la faire, non pas que j'avais quelque chose contre lui mais histoire de pas laisser de traces. Si seulement la Porcasse avait été un mort utile, délicat, de classe, il m'aurait prévenu, il m'aurait dit de ne pas m'arrêter à Dalhart, et j'me serais pas fait prendre si connement l'après-midi où ils m'ont eu. « Le Texas, l'État des hommes courageux. » Qu'il aille se faire foutre le Texas avec ses prairies, ses chevaux, ses hommes courageux, et tout ce pays avec, y compris son noir de président.

Le Boyau

Parfois l'envie me prend d'aller me promener sur les Ramblas et sans m'en apercevoir, je franchis les pâtés de maisons les uns après les autres, je finis par me retrouver très loin de chez moi, alors je m'assieds dans un petit bar appelé Monserrate et je commande un Cuba Libre qui n'aura jamais la même saveur qu'à Cienfuegos. Le patron du bar est un Chilien, Agustín, un admirateur du général Pinochet, et quand ça lui prend, il faut le faire taire. « Vous les Cubains, me dit-il, c'est un Pinocchio qu'il vous faut pour vous remettre d'équerre. » Je dis rien, je me contente de l'observer en me disant qu'en d'autres temps je serais passé par-dessus le comptoir et lui aurais collé une gifle pour lui apprendre les bonnes manières, j'étais fait comme ça, toujours à chercher la bagarre. Il m'arrive de repenser aux frères Stuart et, pour tout dire, j'aurais aimé mieux le connaître, Prince, on se serait peut-être bien entendus, mais là-bas on a trop de préjugés, on croit que les choses sont comme ci ou comme ça, qu'elles peuvent pas être autrement et quand elles débordent du cadre ça nous fait peur.

Après que le Gringo a mis le cap au nord, Prince en a pincé pour la littérature, le truc le plus zarbi au monde, tout à coup il est devenu poète ou a voulu le devenir, parce qu'on se refait pas, et lui, il était né pour être mauvais, pervers. Bertica, Araceli et lui allaient ensemble à l'atelier littéraire d'un petit poilu qui passait parfois au bar du Russe pour s'enfiler quelques verres et reluquer les nymphettes agitant leurs seins dans tous les sens. Je le sais parce le Russe, Antón Abramovich pour être plus précis, est celui qui m'a proposé du boulot quand j'ai été viré de chez moi vu que je n'allais ni à l'école ni au travail. Je logeais chez Nacho les Babouines, mon pote qui était en prison, et me suis rendu au bureau d'Abramovich pour lui demander de m'embaucher, il m'a dit sans problème, et le lendemain j'ai commencé tout doux. Avec le temps, j'ai encaissé les paris des combats de chiens et j'ai même dû briser les os à plus d'un type, dont Salvador la Porcasse qui devait deux milles pesos. Je suis allé le trouver dans cet ignoble trou à rat qu'il appelait sa chambre, et quand je lui ai décroché le premier coup de poing qui l'a étendu par terre, il m'a rétorqué que si le Gringo était là, j'aurais pas le courage de faire ça. « Le Gringo, je me torche avec », lui ai-je susurré tout bas, puis je lui ai donné quelques bons coups de pied dans les côtes, j'ai sorti ma bite et lui ai pissé à la gueule. À l'époque j'étais un bon gaillard, je mesurais déjà un mètre quatre-vingt-dix et bien qu'un peu maigre, j'étais super musclé, le plus grand du quartier en dehors du Grillon.

Le Grillon mesurait presque deux mètres et avait une bite à faire peur, tout le monde le savait dans le coin.

Le Russe, qui cherchait à faire prospérer ses affaires, m'appelle un jour et me dit :

— Dis-donc, Yohandris, je veux monter un peep show réservé aux touristes. J'ai déjà les filles mais j'ai besoin d'un beau mec qui présente bien, qui soit grand et très bien doté.

— Très bien doté ?

— Oui, qui en ait une grosse, mais vraiment ! a dit le Russe, en accompagnant le geste à la parole, de la manière la plus éloquente qui soit.

Je suis allé voir le Grillon qui, comme d'habitude, était dans la lune à se prendre les coups de son paternel et à travailler pour cette cathédrale qui n'en finissait plus, et je lui ai dit :

— Hey, mec.

— Qu'est-ce qui se passe ?

— Tu veux te faire un peu de fric ? Et du bon.

— Et qu'est-ce que je dois faire ? Parce que si c'est pour castagner c'est pas mon truc.

— T'inquiète, c'est pas compliqué, la seule chose que t'as à faire c'est de baiser.

— Baiser ? Des culs ? Nan, compte pas sur moi.

— Comment ça des culs, Grillon ? J'ai l'air d'un pédé, moi, ou quoi ? Baiser des bonnasses, des blanches du meilleur cru, des blondes, jolies, métisses comme tu les aimes… Y compris Yusimí, la noire aux yeux verts.

— La belle Yusimí ? Elle a pas une maladie des reins ?

— Elle s'est déjà faite opérer je crois ; et puis toi, qu'est-ce que ça peut te faire, tu devrais être content, tu vas pouvoir arrêter la branlette et devenir le mec le plus admiré de tout ce merdier, tu vas t'user le chibre à force de niquer.

— C'est péché ça.

— Péché mon cul, mec. Tu mates, tu te branles, tu te pignoles dans le bus… t'es pas à un petit péché près.

— D'accord, mais les miens sont des péchés vénaux, alors que ce que tu me demandes là c'est énorme, le Boyau, ça engage le salut de mon âme immortelle.

— Merde à ton âme. Moi j'en ai même pas d'âme, et regarde comme je vais bien, avec les meilleurs habits et un harem de blanches à mes pieds. Alors que toi tu joues encore les écoliers à te contenter des miettes. Jusqu'à quand Grillon ?

— C'est vrai, a-t-il dit, donc je l'ai emmené au bar et quand il a vu les filles de près et a senti ce parfum que le Russe faisait venir de Paris, ni plus ni moins, et dont elles s'aspergeaient comme si c'était de l'eau, sa queue de grand benêt s'est dressée, elles s'en sont aperçues et je crois qu'elles ont légèrement pris peur, toutes sauf une, Yusimí, la noire aux traits indiens qui se prenait pour une panthère, bref, même si elle était la préférée du Russe, elle s'avance et lui dit :

— Sors-la, on veut la voir.

Le Gringo

Je lui ai donné sa part et lui ai dit d'un air solennel :

— Écoute, Salvador, je pars pour Sagua planifier le voyage. Toi tu bouges pas, tu restes pénard pour que personne se doute de rien, mais tu bois pas une seule goutte, et si on me demande, dis-leur que je suis en retraite spirituelle rapport à ma foi dans le Christ.

— Ok, a dit la Porcasse, y aura pas d'embrouilles. Tu reviens quand ?

— Bientôt.

Je suis arrivé à La Havane et suis allé voir Osiris, mon cousin, pour lui demander de me trouver un de ces mecs qui ont des contacts pour dégoter des canots rapides, ça devenait urgent pour moi de quitter le pays.

— Tu sais combien ça coûte au moins ? m'a demandé Osiris. Dix mille biftons. Tu vas quand même pas me dire que tu as tout cet argent ?

— Moi non, mais mon frère oui, je lui ai répondu, ce sur quoi il a mentionné qu'il connaissait quelqu'un qui pouvait m'emmener au Mexique, mais qu'il était pas question de les embobiner parce que ces gens-là faisaient pas de cadeau ; j'avais beau avoir ma renommée à Cienfuegos, la mafia mexicaine, je lui arrivais pas à la cheville.

« D'accord », et je lui ai lâché sur-le-champ cinquante CUC, les pesos convertibles, pour le service rendu puis je lui ai passé l'adresse d'Ana Lidia, ma petite fiancée du Centro Habana. Trois jours plus tard, Osiris vient me voir.

— Tout est prêt, demain à deux heures du matin tu dois aller sur la côte, près de Santa María, et tâche d'être à l'heure parce qu'ils vont pas t'attendre. Ils allumeront deux fois les feux, à ce moment-là tu plonges et tu nages jusqu'au canot, c'est clair ?

— Limpide.

— Ah, mon pote, les types du canot réclament une avance pour s'assurer que tes intentions sont sérieuses et qu'ils auront pas à envoyer tes jolis petits doigts à ton frère à Miami pour qu'il lâche le *money*, comme ça s'est déjà produit.

Je lui ai donné deux cents dollars.

— Ils sont combien ? je lui ai demandé.

— Trois. Mais pourquoi tu veux le savoir ?

— Pour rien, cousin, pour rien, je lui ai dit, puis pour l'endormir un peu plus j'ai ajouté : Il s'agirait pas qu'il leur vienne à l'idée de me jeter à l'eau.

— T'inquiète, ce sont des gens sérieux, ils vont pas mettre leur business en péril pour dix mille malheureux dollars. En plus, t'as de la chance, sur ce trajet tu seras l'unique passager, donc t'auras la cabine pour toi tout seul.

— Comment ça se fait ?

— Ils m'ont pas expliqué mais c'est certainement quelqu'un qui s'est défilé.

— Quelle chance, ai-je soupiré.

— En effet, a dit Osiris avant de me demander si j'emmenais la poulette avec moi, de fait il avait jeté un coup d'œil à Ana Lidia à l'occasion d'une de ses prestations au cabaret, l'endroit où elle se trouvait précisément à ce moment-là.

— D'où veux-tu que je sorte dix mille dollars de plus bordel ? je lui ai répondu. Si tu veux, une fois là-bas je lui écris une lettre pour lui parler de toi.

— Non, vaut mieux pas, a-t-il dit.

Quand il est parti, j'ai ouvert le sac à dos, j'ai pris le pistolet, je l'ai démonté, graissé et vérifié son bon état de marche.

Je tiens mes connaissances en matière d'armes à feu d'avant ma vie de bandit, de l'époque où j'étais soldat dans les forces spéciales, j'y ai aussi appris à me servir de tout type d'objets coupants, de baïonnettes, de lames, de sabres, de machettes, même si mes préférés restent les couteaux.

J'ai laissé cinquante dollars à Ana Lidia sur la table de nuit et je lui ai écrit une lettre. J'ai aussi écrit à la Porcasse en l'envoyant se faire foutre, ce froussard, et en lui conseillant de ne pas l'ouvrir parce qu'il allait se faire avoir, et à Prince, à qui j'ai non seulement dit adieu mais aussi légué ma petite moto et tout ce qu'il pourrait prendre chez moi avant que le Département Technique d'Investigation n'arrive pour établir l'inventaire des biens et garder le tout.

J'ai fermé le sac à dos où je n'emportais qu'un fragment du crâne d'Amarilis, des os de ses doigts des mains et des pieds, trois caleçons, un pull, du savon, mon rasoir électrique, du dentifrice et une brosse à dents.

J'ai rangé le pistolet à l'intérieur de mon pantalon, coincé sous la ceinture, de telle sorte qu'il me serait facile de le prendre le moment venu. Le couteau, je l'ai mis dans ma chaussette droite.

Je suis sorti dans la rue, j'ai pris le bus jusqu'à la périphérie de la ville et j'ai marché en direction de l'endroit qu'Osiris m'avait indiqué. Je suis arrivé aux alentours de minuit. J'avais mangé avant de partir et je n'avais jamais eu un gros appétit, mais là j'avais déjà faim, quand à près de trois heures du matin j'ai vu cligner les lumières dans l'obscurité de la mer.

À peine monté sur le canot rapide, j'avais déjà identifié que le seul adversaire d'envergure était le plus trapu des Mexicains, dont la voix dénotait la détermination. Il m'a demandé si l'histoire de mon frère était vraie, pour me jeter à l'eau ici même le cas échéant, plutôt que d'avoir à le faire en plein Golfe infesté de requins.

— Aussi vrai que le fait que je mourrai un jour, je lui ai dit, alors seulement, il m'a tendu la main, puis le Cubain et l'autre Mexicain m'ont également salué.

C'est le Cubain qui conduisait le canot et franchement, il fendait l'air. Les *charros* m'ont offert une bière et ont mis de la musique, pas du reggaeton ou de la salsa. De la vraie musique. Ils écoutaient du pur rock symphonique ces enculés.

Franchement, je les ai trouvés sympas, mais c'était eux ou moi. J'étais sûr que mon frère n'enverrait pas un sou pour préserver mon intégrité physique, le plus probable étant en effet qu'il n'ait pas les dix mille dollars, donc quand l'un d'entre eux, après que je lui ai décrit comment baisaient les femmes de Cienfuegos, m'a dit qu'on était bientôt arrivés : « Et ce qu'on voit là, ce sont les lumières de Mérida », j'ai demandé :

— Où est-ce que je peux aller faire pipi, j'ai la vessie pleine de bière ?

— Les toilettes sont en bas, dans la cabine, m'a dit l'autre, le moins trapu. Mais si tu préfères mec, pisse dans la mer, en faisant attention à ne pas tomber, parce que même si tu te noies, ton frère devra solder les dix mille dollars.

Je suis entré dans les toilettes.

J'ai préparé le pistolet.

J'ai d'abord tiré sur le plus costaud qui a failli réussir à sortir son arme mais je l'ai touché avant à la tête ; l'autre est resté sonné, à me regarder, il n'a pas fait le moindre geste, je me demande comment il a pu penser à devenir trafiquant d'êtres humains alors qu'il n'avait aucun courage. Le Cubain, concentré sur la conduite, n'avait pas entendu les coups de feu : les moteurs faisaient un bruit terrible, le canot mesurait presque dix mètres de long, et les défunts et moi étions tout près de la poupe. Je me suis approché de lui par-derrière et j'ai crié :

— Oh, compatriote, les *charros* sont tombés à l'eau.

— Comment ça ? a-t-il demandé, mais quand il a vu le pistolet il a tout compris, d'abord il a pensé que j'étais un agent de la Sécurité de l'État, quelle idée, j'te jure.

Il lui a fallu m'expliquer comment manœuvrer ce canot cigarette, une affaire d'une simplicité absolue en réalité, c'est comme une voiture, sauf qu'il faut être attentif aux vagues. Ensemble, ledit Cheo et moi-même avons longé la côte mexicaine, dépassé Mérida, Campeche, Coatzacoalcos.

Je l'ai tué quand nous approchions des États-Unis, près d'une bourgade dont j'ai su plus tard qu'elle s'appelait Brownsville. Je l'ai jeté par-dessus bord. Les Aztèques, je les avais catapultés avant, après leur avoir fait les poches. J'ai également lancé le pistolet et le couteau, et j'ai nettoyé le sang sur le pont. J'ai navigué jusqu'à me retrouver relativement près de la côte. J'ai plongé et rejoint la rive à la nage, laissant le canot sans amarres.

Je baragouinais tout juste l'anglais nécessaire à embrouiller une touriste canadienne lambda, mais à Brownsville, les chicanos abondent. J'ai montré ma carte d'identité et invoqué le Cuban Adjustment Act, la loi d'ajustement cubain.

J'ai déclaré les larmes aux yeux que j'étais arrivé jusque-là à bord de la chambre à air d'un tracteur : « les requins ont dévoré mes deux camarades, l'un d'eux avait à peine quinze ans, et moi j'ai un frangin à Miami, qui vit au cœur de la Petite Havane. »

Ils m'ont transféré en Floride, pas par avion mais en autobus. J'avais les poches pleines à craquer de tout le *money* que j'avais réussi à prendre à ces trois blaireaux, si bien qu'en arrivant à Miami je suis entré dans un magasin et j'ai acheté des vêtements pour être présentable et pas avoir l'air d'un sac devant mon frère et les copains du quartier.

Amarilis

Et c'est ainsi que ma vie m'a échappé à trente-et-un ans, alors que j'avais encore un millier de choses à vivre. Tout ça à cause d'un climatiseur dont, à vrai dire, je n'avais même pas besoin – les ventilateurs c'est pas ce qui manquait chez moi –, mais ma mère a insisté : « Amarilis, dit à ton radin de mari qu'on a besoin d'une clim, les gens du quartier en ont tous une, on peut pas être des moins-que-rien » ; alors comme une malheureuse mule, je suis allée en chercher une à Ciego, mais à Ciego de Ávila il n'y en avait pas. « À Cienfuegos, m'a dit au téléphone ma cousine qui y habitait, ils ont de tout à plus savoir quoi en faire, c'est la meilleure ville de Cuba après La Havane, voire mieux que La Havane elle-même », et mon mari : « Puisque je te dis que je n'ai pas l'argent pour ce genre de trucs », et moi : « Si tu me le donnes pas je te quitte Eduardo, parfaitement, cent cinquante dollars qu'est-ce que ça peut bien représenter pour toi, c'est tout ce qui me manque pour compléter les six cents », et lui qui me regardait dans son lit l'air déboussolé, il a fini par aller à la banque et m'a donné ce qui me manquait pour le climatiseur, je suis partie à Cienfuegos, chez ma cousine la Pepa, et voilà comment tout cela s'est terminé, je n'ai pas pu voir ma fille grandir, ni fêter ses quinze ans dont elle se faisait une si grande joie : un beau métis m'a tranché la gorge puis a abusé de mon cadavre. Je n'ai pas pu assister à mon enterrement non plus. Cette nuit-là, ne me voyant pas rentrer, la Pepa a informé la police et a appelé mon mari à Chambas pour lui dire que j'avais disparu, et bien qu'on ait été en pleine cueillette et que le tabac exige beaucoup de soin, mon mari a loué un *almendrón*, une de ces vieilles voitures américaines rafistolées, et a rappliqué à Cienfuegos, mais ils ont eu beau me chercher, je restais introuvable, dix-huit mois ont passé puis j'ai été portée disparue, émigrée illégale via le Mexique, le bruit a couru également que j'avais fui avec un autre homme, mes parents, ma sœur Sabina et même la Pepa qui me connaissait comme si elle m'avait faite, se sont accrochés à cet espoir et m'imaginaient en couple avec quelqu'un là-bas dans le coin de Minas de Zaza ou en train de faire la cueillette des pommes à Delaware ou quelque part ailleurs chez les yanquis. Eduardo lui, m'a tenue pour morte dès le départ, il savait que je n'aurais jamais abandonné notre fille, depuis qu'elle avait eu six ans je rêvais de lui fêter ses quinze ans, il a donc trouvé très bizarre que je m'en aille sans donner signe de vie, sans même envoyer un email, sans rien, et le jour où dans une friperie il est tombé sur ces bottines rouge sang qu'il m'avait lui-même offertes pour mes vingt-cinq ans, il a les serrées contre lui et a dit à l'inspecteur de police qu'il était désormais certain que j'étais morte.

Un 10 mai, de 2009, mon mari a organisé un enterrement symbolique, et dans un cercueil vide ils ont placé ma robe préférée, les bottines et une photo de mon mariage.

Tout Chamba ou presque s'est rendu au cimetière.

Maribel García Medina

Moi je les ai vues arriver. *Cette fois, ça y est, Bertica est foutue*, j'ai pensé, *elle a viré goudou*. Au début, j'ai cru qu'Araceli était yanqui, avec sa peau bien blanche et son petit air de sainte-nitouche à faire pitié, mais en creusant un peu j'ai su que c'était qu'une cubaine crève-la-faim de plus, enfin « crève-la-faim » façon de parler parce que la fille avait du pèze et du lourd, et avec du *money* tout s'arrange. Aurora, la maman de Bertica, s'est faite à merveille à la présence de la jeune fille même si elles partageaient la même chambre et que les gens parlaient. Pas moi. Les gens. « C'est un vrai bordel cette maison, disaient-ils, t'as la mère avec la fille, la goudou de la fille avec la mère ou aussi bien les trois ensemble, les nuits sont agitées là-dedans. » Ils parlaient, mais en réalité personne ne savait rien, c'est alors qu'un après-midi j'ai vu sortir les jeunettes calmes et bien habillées, et quand je leur ai demandé où elles allaient, Araceli m'a répondu qu'elles se rendaient à l'atelier de Ian.

— L'atelier de qui ? Vous allez réparer une radio, une cuisinière ?

— De la poésie, m'ont-elles dit. On va apprendre la poésie, et j'ai su alors que la poésie s'apprenait.

Je pensais que ça s'apprenait pas ces choses-là, qu'on naissait poète, point, mais non, j'en suis tombée de ma chaise, puis Prince les a suivies, lui qui depuis que le Gringo s'était cassé était plus seul que jamais et à qui les sermons donnés au pied de cette cathédrale démente que son père et les autres fous n'ont jamais finie de construire ne suffisaient plus. « La Cathédrale des noirs », disent ceux de Punta Gorda pour se moquer, ces fils de pute. Toujours est-il que le fils à papa s'est aussi entiché de poésie et sortait tous les samedis après-midi avec les deux jeunes filles droit vers l'atelier de poésie au lieu de se consacrer à apprendre le métier de son père, comme s'ils n'avaient pas assez d'une artiste dans la famille : ladite Johannes, qui à l'époque étudiait à l'ISA, l'Institut Supérieur des Arts, et avait un fiancé italien, un jeune gaillard aux cheveux longs, avec des tatouages et un pantalon déchiré aux genoux – c'était un bon gars pourtant – qui travaillait main dans la main avec le père pour construire la foutue Cathédrale des noirs. Un jour je lui ai demandé de me prêter vingt dollars, il me les a donnés sans ciller en me disant qu'il était inutile de les lui rendre, pas comme cette Johannes, qui se prenait pour chais-pas-qui et regardait tout le monde de haut.

Les deux frères étudiaient dans une prépa préuniversitaire en ville, pas comme avant quand les étudiants étaient obligés d'aller aux champs pour devenir des hommes, des vrais. Les Stuart, on les voyait arriver l'après-midi et chacun vaquait à ses occupations : le Grillon était très ami avec le Boyau, qui à l'époque avait cessé de se branler pour faire de la gym du matin au soir, même cet Arnold Chouazneguer, là, n'avait pas un corps comme le sien. Quand je le voyais je lui disais : « Mon poussin, y a pas assez à manger pour nourrir tout ça, le seul muscle dont on a besoin nous les femmes, y s'trouve plutôt vers le bas », et je matais sa braguette, alors il riait, mais un jour il a frappé à ma porte, et moi : « Qu'est-ce que tu veux le Boyau ? Qu'est-ce qui se passe ? » Et lui : « On est seuls Maribel, tu peux me redire quel est le muscle qui plaît aux femmes ? » Et moi : « Tu pourrais être mon fils », et lui : « Mais c'est pas le cas, et je connais chaque détail de ton corps », et moi : « Ah oui, espèce de voyeur, fous-moi le camp, et si j'appelais la police ? » Et lui : « La police je me la mets où je pense », alors il s'est approché et je l'ai laissé m'embrasser sur la bouche, puis on a baisé mais ça ne m'a pas plu, il était trop neuf pour moi, ce n'était qu'un gamin. Celui que je me serais goulûment tapé en revanche c'était le Grillon, son gros paquet se voyait de loin, il était scandaleusement surdoté comme mon premier mari, paix à son âme, mais le Grillon ne faisait pas attention à moi, il a toujours été plus ou moins amoureux de sa propre sœur. Une histoire tout ce qu'il y a de plus triste, amoureux de Johannes comme un chien, à l'époque personne ne le savait mais ensuite avec tout ce qui s'est passé, ça s'est su, les gens ont commencé à faire le lien et à reconstituer le puzzle et ils ont dit… on a dit beaucoup de choses, que son père devait bien avoir ses raisons pour le frapper, que ceci, que cela, mais moi je sais qu'ils se trompent, les choses ne sont pas si simples : le Grillon aimait sa sœur mais en silence, un amour platonique comme on dit dans les romans, personne ne le savait, celui qui me l'a insinué c'est le Boyau : « Le Grillon se branle en pensant à Johannes, parfois il lui pique ses culottes et se les entortille autour du gland. » Il m'a raconté ça quand le Grillon travaillait déjà dans le bar du Russe et gagnait sa vie en formant un duo avec ma nièce Yusimí pour que les touristes, en particulier la flopée de Russes qui a brusquement débarqué à Cienfuegos, fantasment à leurs dépens. Tout le quartier savait dans quoi trempait ce garçon, qui avait commencé à s'habiller avec des fringues de marque, à porter des bijoux en or et à se badigeonner de crème, à se raser tous les poils du corps, à se faire des manucures et s'épiler les sourcils ; tout le quartier, sauf le vieux Arturo Stuart et sa femme, l'une parce qu'elle était un peu tête en l'air et l'autre parce qu'il était tellement absorbé par sa cathédrale qu'il ne voyait rien. Quand il l'a appris il était déjà trop tard, le vieux Arturo a voulu donner une correction à son fils, de celles qui, avant, le laissaient sonné, mais même s'il était encore musclé, sec comme un bâton, c'était plus possible, le Grillon était beaucoup plus grand que lui, il était fort, il avait pas peur, ne croyait en rien et encore moins en Dieu ou en ce bâtiment de merde qu'ils appelaient temple et qu'on n'en finissait pas de construire. Arturo l'a chassé de la maison : « Va-t'en, tu n'es plus mon fils, maudit soit l'instant où je t'ai conçu. » Quel père peut dire une chose pareille à son fils sans en subir les conséquences ? Le jeune homme est parti, mais il avait de l'argent ; et puis le Russe lui a cédé une piaule derrière son bar pour qu'il y crèche, une piaule avec la clim, tout près de la chambre des filles, il lui a seulement dit de ne pas toucher à Magali parce que c'était la femme du Gros Gris, et le Gris ne faisait pas dans la dentelle. « Moi je goûte pas aux mecs », c'est ce qu'aurait répondu le Grillon il paraît. « Elle s'est faite opérer et a une carte d'identité à son nom de femme maintenant », a dit le Russe. « Mec tu nais, mec tu resteras », a répété le Grillon, la question était donc réglée. On ne savait pas encore pour la viande de mort, ainsi Salvador le Porc était encore un type très bien vu dans le quartier, et comme il avait remporté la mise à la loterie deux fois de suite, il frimait et ignorait les négresses. Il voulait même pas des métisses. Il s'est installé dans la chambre que Margot et sa mère ont vendue quand elles ont déménagé dans le coin du parc Martí, et là il s'est mis à recevoir les blanches les plus vieilles et les plus dégueulasses de Punta Gotica, blanches, pédés ou travestis comme on les appelle, parce que le Porc a toujours eu la trempe d'un pédé, et tant que son chef, le Gringo, vivait à Cuba, il s'est retenu, mais une fois que l'autre n'était plus là, ça a été la foire. C'est à ce moment-là qu'il a perdu sa réputation d'intrépide, le Boyau l'a dérouillé. Il l'a attrapé au milieu du couloir, et va qu' j't'en colle une et une autre encore, il a sorti sa bite et lui a pissé dessus devant tout le monde. « Le Russe demande que tu lui apportes ce que tu lui dois », a dit le Boyau, et quand il est parti, la Porcasse, sans prendre la peine de nettoyer l'urine, a commencé à se vanter : « Moi je suis un as », et il a lâché : « Mon pote le Gringo et moi, on a donné à manger de la viande de mort à la moitié de Punta Gorda. »

Personne n'a eu l'air de le croire, mais deux jours plus tard, une Lada du DTI s'est arrêtée devant l'entrée de l'impasse, et ils ont emmené la Porcasse en détention. Il a chanté plus fort que Pavarotti et en a pris pour vingt ans. Au Gringo, ils lui ont dit par téléphone. Je crois que c'est Nacho les Babouines qui s'en est chargé : « T'avise pas de remettre les pieds à Cuba, ils sont au courant de tout. »

Le Gringo

Je détestais son sourire aux dents en apparence parfaites qui se révéleraient bel et bien fausses. Je détestais son fils Jimmy, ce bon à rien bientôt quinquagénaire qui me regardait par-dessus ses lunettes de myope et confondait Cuba avec Haïti. Sa fille Evelyn aussi je la détestais : bien que je me la sois tapée je l'ai détestée d'entrée. Quand je l'ai séduite cet après-midi-là sur fond de barbecue et de musique country, ici en plein Texas, dans le ranch de son mari, j'l'ai prise par tous les trous. J'ai dû lui couvrir la bouche d'une main pour qu'elle crie pas. « Ma petite pute blanche, ma petite pute blanche », je lui susurrais à l'oreille. Elle adorait ça, elle avait suivi un cours de littérature hispano-américaine à Philadelphie et elle avait quelques notions d'espagnol, elle était jolie à la façon des yanquis, de longues jambes, une tête de poupée rabat-joie et rien derrière, sa pénurie niveau fesses était inquiétante. Mais ses seins étaient énormes et elle a su les mettre en valeur quand elle s'est approchée de moi, au bras de son mari, cette tête de mule de John Gordiner, avocat de son état.

— Et vous, qu'est-ce que vous avez fait comme études à Cuba, Richard ? m'a demandé Gordiner la première fois que nous nous sommes vus dans son ranch, Blue Bird, et j'ai pensé : Ce type est pédé, y'a qu'une tarlouze pour avoir l'idée d'appeler sa ferme « Oiseau Bleu. »

— Technicien du bâtiment, ai-je répondu, tout en souriant comme pour dire : « Je suis le renoi de mes couilles, enculé de gringo, qui va profiter du *money* de ta belle-mère ici présente, ce *money* gagné à la sueur de son front par le défunt Brian S. Pound, illustre stomatologue.

— Et vous songez à vous marier ? m'a demandé la fille, dans le plus pur style grosse commère, nous regardant sa mère et moi de la tête aux pieds au point que j'ai eu l'impression d'être encore à Punta Gotica, en train de discuter avec une mamie du quartier qui pue la vieille chaussette.

— Ça on verra plus tard, a répondu ma vieille, avant de lancer ce rire de girafe en rut qui me donnait qu'une envie : lui coller une gifle.

Je ne supporte pas les Américains et je l'ai su instantanément, ils se prennent pour le must, alors qu'c'est la lie, des gens de deuxième classe, voilà ce qu'ils sont.

Evelyn, j'ai su que j'allais me la faire dès qu'elle m'a demandé :

— Tu aimes la littérature ? J'ai beaucoup de romans en espagnol et je peux t'en prêter quelques-uns.

— J'adore lire, je lui ai dit, parce que la télé américaine ça me hérissait le poil, et j'aurais fait n'importe quoi pour être un peu à distance de ma vieille, madame Elsa Pound, dont le nom de jeune fille était Elsa Williams, son odeur me répugnait. Cette odeur et cette façon qu'elle avait de répéter : « My God, my god ! » quand on baisait, auraient été des raisons suffisantes pour la buter ; pourtant, elle n'avait pas une tache de rousseur, sa peau était blanche, lisse et pas trop ridée, en réalité elle n'était pas si grosse, du moins pas au point que son fumet me rappelle cette foutue Porcasse qui, d'après ce que m'a raconté Nacho au téléphone, a craqué et m'a balancé, il s'est tiré une balle dans le pied, même s'ils l'ont pas fusillé il en a pris pour vingt ans. Elle finira malheureuse cette Porcasse, bref, elle prendra jamais son envol.

Berta

Au vu des événements qui ont suivi, cela peut paraître étrange, pourtant s'agissant des Stuart ça ne l'est pas. Je me suis mise à lire beaucoup. Comme c'était trop petit chez moi, on allait au parc Martí avec Araceli et on prenait plusieurs livres, presque toujours de la poésie, mais aussi des romans. Un jour, alors que j'étais seule dans le parc en train de lire Margaret Yourcenar pour la première fois de ma vie (Araceli se cachait, son ex-mari était venu à Cienfuegos à sa recherche, alors en attendant qu'il reparte elle avait loué un appartement près du secteur de la PCR, la Police Nationale Révolutionnaire, dans le quartier de Tulipán), j'entendis quelqu'un approcher, je levai la tête : c'était Prince.

— Présente-moi ton professeur.

— Ça marche, j'ai dit, ce samedi-là je suis passée le prendre de bonne heure et je l'ai emmené à la librairie Dionisio San Román, je lui ai présenté les autres apprentis poètes ainsi que Ian.

Au bout de dix mois, avant moi et avant tous les autres, il publiait son premier poème dans une revue de La Havane. Bien entendu, il lisait et écrivait depuis toujours. À l'époque où je passais mes journées à écouter des ballades en anglais et à jouer à la poupée, il filait déjà la métaphore.

Tous ses poèmes parlaient de la même chose : la mort.

Le Diacre, c'est le surnom qu'on lui avait donné à l'atelier – même Ian l'appelait comme ça de temps en temps. Il y avait en lui quelque chose de clérical, qui détonnait avec son âge. Même si les choses n'avaient pas pris un tour aussi sordide, Prince serait quand même devenu fou.

De tous les Stuart, la seule qui aurait pu passer pour une personne normale était Johannes, elle aussi écrivait des poèmes. Il y a quelques mois, dans une galerie au Salon du Livre de Rome, proche du stand de Cuba, j'ai vu un de ses tableaux, le plus connu peut-être ; il s'intitule *Cathédrale*, une version du temple de ses parents. Je savais qu'après tout ce qui s'était passé, elle avait changé de prénom. Désormais, elle s'appelait Judith, encore un prénom biblique, c'est dingue non ? À 15 heures on présentait mon livre et j'aurais aimé l'inviter, mais elle ne m'a pas reconnue, elle n'a même pas semblé me voir, alors que nous étions les deux seules jeunes femmes noires de toute la galerie d'art moderne.

Elle était habillée comme une actrice d'Hollywood et accompagnée de son mari du moment, Vicenzo Albertino, le footballeur de Naples, un blond qui cassait pas des briques, malgré sa chevelure aux épaules et ses yeux clairs. Vicenzo était son troisième ou quatrième mari, je ne sais plus, j'ai perdu le compte. Elle est aujourd'hui une peintre reconnue, mais le vrai génie de cette famille c'était Prince, seulement il était fou.

Bárbaro Suárez Rosales

Je ne sais pas comment mais j'avais pris des fesses, alors un jour la Porcasse arrive et me dit :

— Je dois te parler d'un truc très important, allons nous mettre à l'aise dans ma piaule.

J'avais dû lui adresser la parole deux fois dans ma vie en tout et pour tout, et j'lui ai balancé : « Qu'est-ce que t'as ? » Mais lui, sans s'énerver :

— Cette nuit, frappe cinq fois pour que je sache que c'est toi et que je t'ouvre rapidement.

J'ai attendu dix heures du soir et tout s'est enchaîné ; quand je suis arrivé chez Salvador il y avait une bouteille de Havana Club, deux canettes de soda et un verre avec des glaçons sur la table. Il a mis de la musique sur un petit lecteur CD et m'a invité à me détendre. J'ai accepté, il m'a servi un verre avec beaucoup de soda, comme je les aime, je l'ai bu puis il m'a proposé de danser.

— Je vais aux toilettes, je lui ai dit à la fin du morceau, à vrai dire la tête me tournait un peu.

— Ne tombe pas dans le trou, a-t-il plaisanté, et quand je suis retourné au salon, il avait sa bite à la main.

— Regarde, voir si elle est à ton goût, a-t-il dit, et moi ça me plaisait, donc je me suis agenouillé.

Mais avant de le sucer, je lui ai dit :

— T'avise pas de me jouir dans la bouche.

Berta

Amoureux de sa sœur, non je ne crois pas. Nous les Cubains, on est comme ça, on cherche toujours à donner à chaque chose une touche mélodramatique, enfin bref, nous avons grandi au pied d'un temple qui n'en finissait jamais de se construire, sans compter qu'il servirait à quoi une fois bâti ? Encore un monument voué au néant, même si, bien sûr, je ne suis pas la mieux placée pour parler du Grillon. Après qu'il est parti de chez lui c'est à peine si je le croisais, pour rien au monde je me serais aventurée dans le bar du Russe, probablement l'endroit le plus mal famé de Cienfuegos.

El Gringo

J'ai du mal à déterminer le moment exact où la vieille a commencé à me lasser, mais un jour je me suis demandé jusqu'à quand je continuerais à la supporter, et j'ai eu la réponse : j'en pouvais plus, il fallait que je m'en débarrasse. Nous nous étions installés à Houston, et j'avais commencé à travailler avec le mari de ma belle-fille, j'étais plus ou moins l'équivalent d'un contremaître, un des chefs de service dans l'entreprise de traitement de métaux dont Elsa était l'une des principales actionnaires. Je devais me lever très tôt tous les jours, m'habiller et partir au travail, mais non sans avoir au préalable, bien entendu, tiré un coup ou deux avec la vioque. Ma seule réelle distraction était de courir, j'étais devenu accro à l'athlétisme, et tous les après-midis après le travail, je chaussais mes baskets de course et partais sillonner la banlieue. Je lisais beaucoup, ma belle-fille continuait à m'approvisionner en livres. Avec Evelyn en revanche j'aimais bien niquer. Nous allions sous les prétextes les plus divers jusqu'à Blue Bird et là, nous faisions nos petites affaires. Parfois, je m'amusais à appeler Cienfuegos au téléphone, en me faisant passer pour quelqu'un d'autre. Une fois j'ai fait poireauter Maribel trois mois dans l'attente d'un colis qui pour finir, s'est révélé être un vibromasseur king size. « Allez, c'est pour que tu t'offres du bon temps », je lui ai mis sur le mot que j'ai envoyé avec la boîte. Maribel l'a revendu au Russe, il faut dire que c'était de la qualité, le vibromasseur, et le tavarich le voulait pour se faire encore plus d'argent avec ses filles, m'a ensuite informé Berta, qui n'était pas encore au courant de mes velléités au sujet de la chair humaine, car la Porcasse n'avait pas craqué et j'étais encore respecté dans le quartier. Même à Houston y avait pas un bar comme celui du Russe, qui donnait entière satisfaction, même si en réalité je dois admettre qu'à première vue les filles d'ici sont mieux, presque toutes blondes avec des gros seins, mais farcis de silicone au final, et beaucoup d'entre elles n'étaient même pas des femmes. Ici t'es obligé de marcher sur des œufs en permanence.

Ce que j'ai préféré de tout mon séjour à Houston, ça a été de faire la connaissance d'une petite Indienne qui faisait son jogging le long de l'autoroute où je courais moi aussi, et que j'ai défendue face à un petit con. J'ai eu qu'à donner un coup de pied dans la poitrine du gars pour qu'il détale, et elle m'a payé en nature. Elle n'avait pas encore vingt-cinq ans, manquait un peu de fesses et était un brin trop maigre mais elle avait de petits seins aux tétons violets qui tenaient dans ma bouche, elle savait parler français et me lisait des poèmes de Bukowski. J'aimais ça. J'aimais aussi qu'elle me considère comme un homme raffiné, un homme de classe, qu'elle pense que j'avais fait des études universitaires. Elle me prenait pour un intellectuel juste parce que j'avais lu Vargas Llosa et Javier Marías. Nadine, c'était son prénom, croyait au démembrement nécessaire des États-Unis, et quand elle se lançait dans ce discours-là, elle pérorait comme une corneille de Cuba. Elle était très fière d'être une Apache, même si on voyait bien qu'elle était de sang mêlé, de fait sa maman était québécoise. Parfois, pendant le sexe, je lui criais en espagnol : « Grande cheffe indienne jument sauvage ! », elle comprenait la blague et riait. Si j'avais eu de l'argent je serais resté avec Nadine, mais pour parachever mes plans je devais éloigner la vieille, Elsa Pound, de Houston, voire la faire sortir du Texas. Je me suis mis à lui parler du Kentucky et de ses prés bleus, de mon désir d'élever des chevaux, j'ai même trouvé sur Internet une annonce pour une ferme très bien et très bon marché près de Louisville.

En y repensant aujourd'hui, je me demande comment une personne aussi âgée – Elsa venait d'avoir soixante-trois ans – pouvait être aussi idiote, mais je n'ai pas la réponse. Penser qu'un homme jeune, j'avais à peine vingt-huit ans, était tombé amoureux d'elle rien qu'en la voyant dans une *grocery store*, c'est déjà assez naïf, mais souscrire une assurance-vie au nom de ce jeunot, puis quitter l'endroit où se trouvent tes propriétés, où est enterré ton mari – l'homme de toute une vie – et déménager loin de la seule famille qui te reste, ça demande une sacrée dose de stupidité ou bien un goût démesuré pour le chibre noir. Ça faisait presque de la peine. *Mais il faut bien vivre*, me suis-je dit, et quand on a déménagé, j'ai laissé passer deux ans durant lesquels j'ai failli me transformer en cow-boy à force de monter à cheval. Ma préférée était une jument appelée Boise, dont le trot agile et le pelage au ton noir de jais me rappelaient Johannes. Je me suis aussi passionné un temps pour les courses et j'ai même assisté au Derby. Les autres éleveurs de chevaux n'avaient aucune estime pour moi, ils pensaient à juste titre que la seule jument que j'avais domptée était madame Elsa Pound.

Par un après-midi d'été, je lui ai dit :

— *Darling*, je dois aller à Miami voir mon frère. Je pars dans six jours mais je reviens vite.

Elle ne se sentait pas bien, son diabète galopant la laissait à bout de souffle donc elle a accepté.

— Je reste avec Melody, m'a-t-elle dit. *Do not worry*.

Melody était l'employée de maison, une fille d'origine vietnamienne, tellement petite et menue qu'elle en était presque invisible.

— Ok, j'ai dit, et le jeudi, jour du départ, je suis monté dans une des voitures en direction de l'aéroport.

Je me suis éloigné de la maison d'environ cinq cents mètres. J'ai fait un demi-tour à cent quatre-vingts degrés. J'ai sauté par-dessus la clôture. Les chiens, qui me connaissaient, n'ont pas aboyé. J'ai escaladé le mur jusqu'à la fenêtre de la salle de bains du deuxième étage que j'avais laissée ouverte, et profitant du fait que la vieille à cette heure-là – six heures du soir –, avait pour habitude de se rafraîchir dans son jacuzzi en écoutant de la musique, j'ai poussé le petit lecteur CD dans la baignoire, et elle est morte électrocutée. Puis je suis ressorti par la fenêtre. J'ai pris la voiture. Je suis arrivé à Louisville. J'ai garé le véhicule dans un parking proche de l'aéroport et j'ai embarqué dans l'avion à destination de Miami.

Le lendemain, Melody, bafouillant dans un anglais incompréhensible, m'a informé par téléphone que j'étais veuf et que je devais me rendre de toute urgence à Grass – tel était le nom de notre ferme.

L'enterrement a eu lieu à Houston, et dès le départ, en voyant le montant de l'assurance-vie, ils m'ont suspecté, se contentant toutefois de me regarder d'un air mauvais et de me laisser clairement entendre que je ne faisais pas partie de la famille. Ils ne comprenaient pas comment il était venu à ma femme l'idée de me refiler cent cinquante mille dollars sonnants et trébuchants ; en plus, elle m'a légué la ferme. À eux, Evelyne et son frère, elle a laissé tout le reste : les actions de l'usine à métaux, l'énorme maison de campagne et un appartement dans le centre de New York ; pourtant, ça ne leur suffisait pas.

Après la cérémonie, j'ai loué une chambre dans l'un des meilleurs hôtels de la ville et j'ai appelé Nadine.

J'ai passé mon temps à baiser pour noyer ma peine. Je l'aurais bien emmenée avec moi, mais en mon absence, le penchant de Nadine pour le terrorisme s'était encore accentué, et elle parlait de liquider ces milliers de « foutus chiens de fédéraux » et d'éliminer quelques immigrés grâce à une bombe qu'elle poserait dans le Houston Stadium.

— J'ai déjà le C4 qu'il faut, manque plus qu'à préparer le commando… Aide-nous Richard, t'as l'air de t'y connaître en armes. Qu'est-ce que t'en dis ?

— Faire mourir des immigrés comme moi ?

— Pas comme toi.

— Chienne enragée, va, lui ai-je alors répondu en songeant que moi, qui avais liquidé seulement quatre personnes, je n'étais rien de plus qu'un gamin innocent et aventurier comparé à elle et à ses acolytes.

Une semaine après, j'ai touché l'argent de l'assurance-vie et je suis parti dans le Kentucky revendre la ferme au seul, parmi les autres propriétaires du coin, qui m'était sympathique : un petit vieux, fils d'un juif autrichien gazé sous Hitler. Dire au revoir à la jument Boise est ce qui m'a le plus coûté.

Claro Argüelles Quesada, ex délégué du Poder Popular à Punta Gotica

Ils auraient dû être clairs avec eux dès le départ, leur dire : « Non, non et non, vous ne dépenserez pas les maigres ressources de la province dans ce temple insensé. » Mais ils ont été lâches, ils craignaient d'être taxés de racistes et d'antireligieux, sans compter que depuis le début, quand le pasteur américain a mis les premiers dix mille dollars, Stuart et Basulto ont veillé à ce que, dans tous les actes de « réaffirmation révolutionnaire », la présence de la congrégation du Saint Sacrement, ou des « sacramentistes » comme on les appelait, se fasse sentir. La manœuvre était maline. Il était impossible d'organiser un événement pour l'anniversaire des CDR, les Comités de Défense de la Révolution, sans qu'ils soient présents.

Ils étaient les premiers à donner leur sang. Ils participaient aux travaux volontaires et aux défilés du 1er Mai et du 26 juillet. Leur participation à l'acte de condamnation d'un de ces journalistes dits indépendants est la seule chose que je n'ai pas obtenue de leur part. Ils ont ouvertement refusé d'y assister. J'ai saisi l'occasion pour aller voir le président du Poder Popular[1] :

— Vous m'excuserez, camarade président, cela va bientôt faire dix ans qu'on construit ce temple, et on n'en voit pas la fin, s'il continue à croître il ira jusqu'à dépasser en taille votre bâtiment et ce ne sera pas une bonne chose… Par ailleurs, ils dépensent le budget réservé à l'action sociale, de nombreuses maisons dans le quartier sont en train de tomber en morceaux.

— Ils paient en dollars et en cash, donc ne t'inquiète pas, m'a dit le président.

— Oui, mais il ne s'agit pas uniquement d'argent, j'ai dit. Il en va aussi du caractère idéologique de cette construction, pensez-y, autoriser cette église c'est fournir des arguments à l'ennemi, ils en ont même parlé dans une de ces émissions de Miami, *Sábado Gigante*.

— *Sábado Gigante* ? m'a demandé le président. Et vous regardez ce genre de choses, vous ?

— Non, pas moi, je suis tombé dessus par hasard.

— Et que disaient-ils, dans ce fameux *Sábado* ?

1 L'Asamblea Nacional del Poder Popular (Assemblée nationale du Poder Popular) est le parlement monocaméral de la république de Cuba et l'organe suprême du pouvoir d'État. La première Assemblée nationale après la révolution cubaine est issue des élections législatives qui se sont tenues en 1976 à la suite de la ratification de la Constitution de 1976. L'Assemblée se réunit deux fois par an. Entre les sessions, elle est représentée par les 31 membres du Conseil d'État.

— Qu'à Cienfuegos on était fous et que si on laisse les noirs faire leur cathédrale, c'est bien que le communisme nous est monté à la tête.

— Vous voyez, délégué, a dit le président. Là est la question, à Cienfuegos nous sommes en train d'ériger la première vraie cathédrale des pauvres pour les pauvres, même l'ennemi se voit contraint de le reconnaître.

— Certes, mais ça n'a jamais été la Cathédrale des noirs, camarade président, et vous voudrez bien m'excuser, mais cette cathédrale est celle de cette folle congrégation du Saint Sacrement, qui bien qu'elle se soit beaucoup développée ces derniers temps, n'atteint pas, je peux vous l'assurer, les vingt mille membres, dont la plupart n'adhèrent que pour profiter du goûter qu'ils distribuent et des dons des Américains.

— Et alors ? a dit le président. Ce qui compte, c'est ce que les gens pensent, n'oubliez pas que ceci est une Bataille d'Idées.

J'ai été à deux doigts de renoncer sur-le-champ à ma charge de délégué du Poder Popular à Punta Gotica ; j'ai mal pris le fait que des personnes intelligentes, informées de la manière dont les choses fonctionnent en ce monde, soient victimes d'une telle illusion. Je savais qu'autoriser la cathédrale sacramentaire revenait à condamner ce quartier et Cienfuegos elle-même à l'échec, malgré les touristes qui ne demandaient plus où se trouvaient le cimetière de Reina ni le parc Martí ou l'hôtel Jagua, mais venaient jusqu'ici, à Punta Gotica et se délectaient des maisons à moitié écroulées, des gens assis sur le trottoir aux heures de bureau, avec cette musique assourdissante et cette saleté. Tout ça pour photographier ce bâtiment qui n'était jamais fini et me rappelait un peu la Centrale électronucléaire de Juraguá, un échec de plus. *Jusqu'à quand ?* pensais-je, en voyant le quartier se remplir de petites échoppes et de librairies d'occasion, histoire d'avoir quelque chose à vendre aux étrangers.

De plus, ledit Arturo Stuart se donnait maintenant des grands airs, on aurait dit que c'était lui et pas moi, le délégué du Poder Popular. Il se prenait pour une sorte de maire. Si quelqu'un avait besoin d'un médicament, c'est lui qu'on allait voir ; si la famille d'un ivrogne voulait le déloger, c'est lui qu'elle allait voir. Moi je faisais quasiment office de bibelot, et ses trois enfants n'en parlons pas, ils étaient terribles : d'abord Johannes, avec son petit fiancé italien qui arrivait en klaxonnant dans sa jeep Willys, réveillant les voisins et propageant une idéologie inconvenante. Je suis allé voir l'exposition qu'elle avait organisée dans le palais en ruines des Goytisolo : d'accord, il faut reconnaître que la petite était douée pour la peinture, mais qu'est-ce que ça signifie ? Ces femmes de mauvaise vie arborant le drapeau national ? Je ne comprends pas comment ils ont pu permettre ça, franchement. Elle n'est pas partie en Italie pour rien et elle n'en est jamais revenue, elle a toujours été réfractaire au communisme. Quant à l'autre, celui qu'on appelle Prince, il n'avait pas encore sorti ses griffes mais on se doutait déjà qu'il allait être infernal. On le voyait passer avec ces petits livres de poésie sous le bras et sa tête de brave garçon, et on ne pouvait pas concevoir qu'il soit initié au Palo Monte, superstitieux, si hermétique à la nécessaire vision dialectique du monde, au même titre que le reste de la famille Stuart. Initié au Palo Monte et pourtant, il prêchait dans l'église du Saint Sacrement, je ne comprends pas comment son père pouvait ne pas s'en rendre compte, bref, incroyable. Bien entendu, le pire c'était l'autre, celui-là en revanche il était déjà fiché comme l'un des jeunes délinquants du quartier, ami personnel d'Anton Abramovich, alias le Russe, le pire élément de Punta Gotica et de toute la ville, un étranger que la Révolution aurait dû bannir depuis longtemps mais qui, sans aucun doute, avait des contacts dans les plus hautes sphères, son resto-bastringue était le pire antre de corruption de la ville, et ça passait inaperçu…

Ferreiro

Je suis allé trois fois à Cienfuegos chercher Araceli. La première, c'est parce que son propre père me l'a demandé. Les deux autres, c'était à mes risques et périls. Je l'ai jamais trouvée, faut dire. Elle savait bien se cacher. Mais des années plus tard, alors que j'étais en train de boire un coup avec des camarades, Manolo m'interpelle : « Regarde cette fille, Alcibíades, qu'est-ce qu'elle ressemble à Araceli ! » Je me tourne vers la télé et je vois une blonde en train de présenter le bulletin météo, bien que d'apparence plus maquillée et raffinée, ça ne pouvait être qu'elle. *Putain*, j'ai pensé, mais j'ai rien dit, j'ai joué les indifférents. Je sais qu'elle m'a quitté par dépit, parce que quelqu'un l'a baratinée en lui disant que j'étais avec Elisa.

Les premiers temps, si je l'avais croisée, je me serais damné. J'étais dans un tel état qu'on aurait eu beau me piquer, on n'aurait pas vu la couleur de mon sang. Araceli je l'ai arrachée de chez elle à ses quinze ans et j'ai été son premier mari. Nous nous sommes mariés pleins d'espoirs, on a fêté les noces en grande pompe, j'ai invité des mariachis de Santa Clara qui ont chanté tout le répertoire, même ces putains de *mañanitas* du roi David, puis nous sommes allés à Varadero, et là, nous avons passé notre lune de miel dans l'hôtel Internacional, à une époque où il était plus qu'improbable d'y voir un pauvre Cubain, j'ai dépensé presque quatre-vingt mille pesos dans ces noces, mais ça ne m'a pas pesé : on ne faisait pas plus jolie qu'Araceli dans ma bourgade, et elle était à moi. Nous avons eu nos premières disputes quand elle m'a annoncé qu'elle voulait continuer ses études, comme si être mariée avec un homme comme moi, avec de l'argent et des propriétés, ne lui suffisait pas, mais j'y ai consenti. « Si tu veux étudier, vas-y, fonce, je lui ai dit, choisis un cours pour être serveuse ou quelque chose dans le genre, c'est jamais de trop », mais non, elle voulait s'inscrire en prépa préuniversitaire pour intégrer la fac ensuite et se donner de grands airs, et ça pour le coup, ça ne m'a pas plu, mais j'ai fini par céder, elle passait son temps à lire, de la poésie surtout, et à sa façon de parler on aurait dit qu'elle se sentait supérieure à moi, mais le plus bizarre dans l'histoire c'est que moi aussi d'une certaine manière je pensais qu'elle avait un truc, qu'elle était pas comme les autres femmes avec qui j'avais été avant, elle était comme plus raffinée et sensible, et en toute naïveté, j'ai cru que c'était une raison pour lui faire confiance. Alors apprendre qu'en plus de m'avoir abandonné elle jouait les gouines à Cienfuegos ça a été très dur pour moi, vraiment. J'aurais préféré qu'elle soit morte, et c'est ce que j'ai dit à ses parents.

— Si elle revient par ici, dites-lui que je ne veux pas la voir, si jamais je la croise je ne réponds plus de moi, on ne fait pas ça à un homme.

Son frère a bondi comme un petit coq : « Si tu la touches, Ferreiro, je te tue », mais je l'ai regardé droit dans les yeux et il a été obligé de baisser la tête, honteux – l'homme qui prend la défense d'une gouine et d'une pute ne vaut rien, quand bien même cette sorcière serait sa sœur, sans compter que je lui avais tout donné. Avec moi elle ne manquait de rien, elle était ma jolie poupée, la prunelle de mes yeux, mais pour finir elle m'a laissé tomber et m'a manqué de respect, j'ai cru que je ne lui pardonnerais jamais, que je passerais ma vie à la chercher, mais ça ne s'est pas passé comme ça, je me suis rendu trois fois à Cienfuegos, puis j'en ai eu assez, j'ai cessé d'y aller même si les gens me regardaient de travers comme si j'étais un sous-homme, comme si j'étais pas capable de satisfaire une femme et que c'était pour ça qu'elle m'avait laissé, j'te jure.

Je la guettais, elle était très attachée à sa mère, et j'étais sûr qu'un jour ou l'autre je la verrais traverser la rue, mais ça ne s'est pas passé comme ça, elle n'est jamais revenue à Cabaiguán, moi en tout cas, je ne l'ai pas vue.

Le Gringo

Conquérir Margaret a été beaucoup plus difficile que de draguer Elsa. Elle avait cinquante-sept ans, et quand je l'ai connue, tout de latex noir vêtue, si belle de loin qu'elle semblait tout droit sortie d'une version des Drôles de dames, même les vautours n'en auraient pas voulu de Margaret. Elle était fanatique de motos. Elle avait une concession où elle vendait les meilleures motos italiennes, mais en réalité elle adorait les Harley et était originaire de Memphis, Tennessee, où était également né Elvis Presley, et où, bien sûr, on avait tué Kennedy.

Je l'ai vue descendre de sa Harley, qui semblait flambant neuve, et rentrer dans son magasin.

Je l'ai suivie, croyant que c'était une cliente comme une autre, mais en voyant les employés se mettre en quatre devant elle pour se montrer efficaces j'ai compris qu'elle était la patronne ou la principale actionnaire. Je me suis approché d'une des motos exposées, une Ducati qui ressemblait à un vaisseau spatial, et j'ai fait semblant d'avoir l'air très intéressé, mais en réalité je la surveillais. Un employé s'est approché de moi, un jeune noir avec une tête de chien bien dressé.

— C'est ce qui se fait de mieux, m'a-t-il dit en anglais avec nonchalance. Elle a un double pot d'échappement surélevé, une béquille monobras, des freins monoblocs et 160cc pour le bicylindre le plus puissant jamais vendu.

— Moi aussi à Cuba je vendais des motos, lui ai-je dit pour gagner sa confiance.

— Ah oui ? a-t-il dit, des Ducati ?

— Non, quand même pas, des MZ, Jawas, Carpatis et Berjovinas.

— Tiens, je ne connais pas ces marques-là…

— Eh ben c'était du solide… Qui est cette femme, *man* ? lui ai-je ensuite demandé en indiquant Margaret, en train de parler avec un autre employé, le blanc blond dont la tête ne m'était pas revenue d'emblée.

— Elle ? a demandé le yanqui comme s'il était sourd.

— Oui, c'est ça.

— C'est Margaret O'Sullivan, la propriétaire du magasin, un miracle que vous ne la connaissiez pas.

— Et pourquoi devrais-je la connaître ?

— Tout le monde la connaît ici à Louisville… elle a été championne du monde de 500cc.

— Ah, j'ai fait, puis pour brouiller les cartes je lui ai demandé de me parler encore un peu de l'engin.

Elle s'est approchée de nous, il faut dire que j'étais habillé comme si on venait de m'attribuer une de ces petites étoiles qu'ils mettent sur le Hollywood boulevard, j'ai le *money* et le bon goût, le nécessaire pour ouvrir toutes les portes, aussi bien à Cuba que dans ce pays, en vérité.

— Hello, a-t-elle dit, en me tendant une main longue et sèche.

— Hi, ai-je dit à mon tour, je lui ai serré la main et je l'ai regardée droit dans ses yeux gris de vieille avec tout mon swing de jeune.

— Laisse-nous, Timothy, a-t-elle ajouté, sans un regard pour l'employé.

Le Boyau

Le Cubain abonde, mais ils sont ou se disent tous artistes. Tu as beau les voir en éboueurs sur les Ramblas ou en madame pipi dans un club, ils se disent artistes et poètes. Si Berta était dans les parages elle serait ravie, elle a toujours eu une veine d'artiste, d'écrivaine, etc. Pour être franc, j'ai pas aimé la voir virer lesbienne. Cette petite blanche, Araceli, n'avait pas un corps de déesse, mais sa frimousse, même ici en Europe j'en ai pas vu d'aussi jolies. Avec Berta elles formaient un très beau couple. J'y ai pas cru quand le Cha cha a commencé. Je crois que c'est la Porcasse, pour que je l'aie à la bonne, qui a cafté : « Berta est gouine », elle m'a fait, à quoi j'ai répondu : « Ben ça la regarde », mais après j'ai vus les regards qu'elles se lançaient ces deux-là, je crois que la mère de Berta l'a jamais accepté.

Ici il faut être plus coriace qu'à Cienfuegos, le premier camé venu a une arme et t'envoie une décharge pour des broutilles, c'est pas comme là-bas, même si je dois dire qu'avec le Russe j'ai eu des problèmes dès le départ, il était trop profitard à mon goût, despotique, rien ne lui allait et il avait tendance à traiter les autres comme des chiens. Je me souviens encore de sa façon de faire traîner les mots et de se mettre à raconter de la merde, qu'à Moscou ceci et à Saint-Pétersbourg cela, comme si personne n'avait su qu'en réalité il était ukrainien. Ici aussi à Barcelone, les Ukrainiens pullulent, ils sont pires que les Arabes, il n'y a pas plus fourbes ni marchandeurs. Moi j'ai eu une petite minette de Kiev, un beau morceau et tout, Irina la fille aux yeux bleus, mais au bout d'un mois, chez moi, ça désemplissait pas, et son père aimait jouer de l'accordéon. Moi je déteste l'accordéon. Un jour j'ai caché l'instrument et sifflé la fin de la partie. Entre Irina et moi a éclaté une de ces empoignades, sauve qui peut. J'ai dû me battre avec le frère aîné. Oleg, il s'appelait, il avait été marin dans la flotte de la mer Noire, mais il n'a pas fait le poids, j'ai eu le dessus. Je lui ai envoyé un gnon dans son nez d'ours Michka puis j'ai foncé sur le coffre et j'ai brandi mon pistolet vers les trois. « Vous allez me débarrasser le plancher illico », je leur ai dit, il se sont mis à parler en ukrainien et à larmoyer, mais ils ont fini par se casser.

— Allez donc dormir sur les Ramblas, ai-je ajouté en guise d'au-revoir.

Pour en revenir à monsieur Anton Abramovich, cubano-ukrainien, que tous appelaient le Russe, il m'a jamais plu. Il avait une petite touche dédaigneuse, insupportable, et quand le Grillon est venu travailler avec nous, les choses ont empiré. Yusumí, la fille aux yeux clairs, plaisait au Grillon, et le Russe, un vieux roublard fini, l'avait bien compris, et moi j'étais au milieu, parce que le Grillon, de Camagüey ou pas, était mon ami d'enfance, et dans ma grande naïveté je croyais que l'honneur existait en ce bas monde. Que si je te défends, tu me défends. Que si je suis ton pote, t'es mon pote. Je me suis trompé. Le Grillon n'avait pas d'amis. Apparemment, les raclées du vieux Stuart avaient sapé son humanité, j'sais pas, ou bien il se peut qu'il ait été amoureux de Johannes pour de vrai, il y avait un truc qui clochait chez lui, en tout cas il n'a pas été à la hauteur. Il s'est comporté comme un putain d'esclave du Russe. Il m'a déçu, et quand tout a dégénéré, il a choisi le camp du Russe qui n'a eu aucun scrupule à ce qu'on le mette en prison.

Le Russe voyait s'élever la cathédrale et voulait que les sacramentaires nous donnent un petit quelque chose. « Pour vous protéger, leur a-t-il dit, pour que personne n'aille voler du matériel et retarder les travaux. »

Il nous a appelés, le Gros Gris et moi, et nous a demandé d'aller parler avec Basulto pour lui expliquer qu'il fallait le respecter, lui, Anton Abramovich, parce que s'il ne lui était pas venu à l'esprit d'ériger une église orthodoxe en plein Punta Gotica, il lui en fallait pas moins un genre de compensation, parce qu'à tout moment les Arabes allaient débarquer, parler avec le président du Poder Popular et ériger leur mosquée, et on pouvait pas tolérer ça, qu'est-ce que ça voulait dire, et pour lui, Anton Abramovich : un Camagüeyano, un juif, un mec de l'Oriente ou un Arabe, ça revenait au même, que ce soit clair, et Cienfuegos était pas un souk. « Allons-y », m'a dit le Gros Gris, on a pris la jeep et on est allés voir le dénommé Basulto, un petit blanc de rien du tout mais doué pour esquiver les coups.

— Je n'ai rien à voir là-dedans, a-t-il dit. Le trésorier c'est le frère Stuart, c'est avec lui que vous devez parler.

Le Gros s'habillait toujours en gris, il était triste. Il avait été policier à Matanzas, et pendant le carnaval il avait tué un type qui l'avait traité de baleine. Il en a pris pour dix ans. C'est en prison qu'on l'a surnommé Gros Gris. Il en est sorti au bout de quatorze ans parce qu'il a failli en buter un autre. Il est venu à Cienfuegos, et le Russe l'a tout de suite embauché. C'était un faux métis, de ceux qui passent pour des blancs. Il aimait tabasser les noirs, et plus encore s'ils avaient la baraka avec les femmes : il ne s'était pas tapé une vraie gonzesse depuis Mathusalem. Il avait une petite queue. Il la montrait jamais, pas à une seule pute, et tenait Magali sous sa menace. « Pas un mot ou je te tue. » Il défoulait sa rage sur les noirs. Il rêvait de dérouiller le Grillon, mais le Grillon était sacré. Le Russe ne laissait personne le toucher, et quand le Grillon s'était saoulé à la tequila, il se moquait du Gros Gris et l'appelait petit gros ou vieille taularde. Voilà pourquoi, quand on nous a dit qu'il fallait aller voir le papa du Grillon, Gros Gris était ravi.

— On va le dépecer ce vieux noir.

— C'est pas si simple, je lui ai dit. Va falloir être diplomates.

— Ça c'est ta partie, a-t-il répliqué.

Le Gringo

« Laisse-nous, Timothy. »

Elles sont comme ça les Américaines, quand elles ont plus besoin de toi tu deviens un boulet, un peu comme une Ducati montée sur jambes. Elles croient avoir de la valeur sur le marché, mais dans le fond ce sont de bonnes poires. Elles redoutent tellement le mensonge que la plupart sont incapables de détecter un baratineur, elles se font arnaquer par le premier venu. Ici, t'as qu'à dire que tu vends un terrain sur la Lune, y aura toujours un ou deux cons pour te l'acheter.

J'arrivais au bout de mes réserves de *money* – c'est incroyable toutes ces dépenses pour maintenir le standing auquel je me suis habitué après avoir épousé Elsa –, et cette Margaret transpirait le fric. Je lui ai demandé combien coûtait la Ducati.

— Trente-cinq mille avec des arrhes de vingt mille… ça comprend les accessoires, soit toute une boîte à outils et une veste noire de l'écurie Ducati.

— Et en cash ?

— En cash c'est quarante mille.

— Je suis venue moi-même m'occuper de vous parce qu'on voit que vous avez bon goût, et cette moto est très spéciale, à mon avis c'est ce que l'Italie a fait de mieux en matière de design, et croyez-moi, vous ne le regretterez pas.

— Très bien, je vais y réfléchir… c'est vous la patronne ? ai-je sondé comme par inadvertance, elle m'a précisé qu'elle était la principale actionnaire et la fondatrice de la concession.

— Félicitations, votre magasin a beaucoup de style.

Elle m'a regardé droit dans les yeux, puis a examiné mes habits, elle devait penser quelque chose comme *c'est qui ce foutu mariole*, ça se voyait. Elle était presque à mon goût je dois dire, desséchée comme pas deux, maigre comme un spectre, avec une belle petite paire de fesses, pas énormes, mais pour une Américaine c'était déjà ça.

J'aurais pu lui dire que j'étais africain et que j'appartenais à la noblesse de mon pays, mais je me suis dit que le sportif attire le sportif, alors je lui ai sorti que je jouais au baseball, et elle a froncé son petit nez froid et poussé un soupir méprisant. *Elle hait les noirs*, j'ai pensé, quand elle m'a demandé si ce que je portais au poignet était un *irdé*, le bracelet d'initiation dans la santería.

— Évidemment, lui ai-je répondu. Je suis *babalao* – alors Margaret a remonté la manche de sa veste noire et m'a montré son avant-bras, autour duquel elle portait elle aussi un *irdé* avec des perles bleues.

— Yemanja, lui ai-je dit, ce sur quoi, elle s'est ouverte comme une orange.

Elle m'a emmené au bar de la concession, et là, entourée d'images de motos ayant gagné des tonnes de championnats et de rallyes, elle a commencé à me parler de ses séjours à Bahia, où elle avait pratiqué le Candomblé, une sorte de sorcellerie brésilienne, parce qu'elle avait été mariée à Enzo Campeiro, un coureur de Formule 1 qu'elle avait rencontré au Maroc lors d'un championnat organisé par le roi et qu'on compterait parmi les cinq mille morts du 11 septembre 2001.

— Depuis, tu hais les Arabes, l'ai-je interrompue, mais elle m'a soutenu que non, que ce qui lui faisait peur et la terrifiait, c'étaient les extrémistes de tous bords, et que Bush et tous ses copains républicains et superchrétiens la mettaient hors d'elle.

— Ils sont en train de pourrir le pays, a-t-elle déclaré.

Elle parlait tandis que je sirotais mon vermouth et opinais du chef, en évitant de refaire une gaffe, car c'est le genre de femmes à se raidir si tu te mets à lâcher des conneries. Ça au moins on peut pas le nier, les Américaines sont distinguées, même si au fond elles sont toutes pareilles. Elles passent leur temps à faire des trucs pour les autres, et que j't'aide les petits noirs haïtiens, et que j'te donne de l'argent aux malheureux Thaïlandais, etc etc. elles sont comme ça ; enfin, c'est sûr, cette Margaret était pas commune, dommage que j'l'ai connue déjà si vieille, parce que sur les photos qui décoraient les murs on aurait dit une starlette de cinéma, sur sa Harley avec ce sourire jusqu'aux oreilles et une couronne de fleurs autour du cou : « Championne du rallye Casablanca-Rabat. »

— Puis il y a eu l'accident, a-t-elle poursuivi et elle m'a raconté sa chute, non pas d'une moto mais d'une voiture à plus de cent cinquante kilomètres à l'heure sur la Riviera française, quelques jours après avoir appris la mort d'Enzo.

— On m'a opérée à Seattle, a-t-elle conclu, puis elle m'a regardé avec des yeux comme des soucoupes, et à la vue de ses pupilles grises j'avais pas d'autre choix que de m'enquérir dans un soupir :

— Et alors ?

— Ils ont dû me mettre une prothèse.

Elle a soulevé le bas de son jean moulant et m'a montré la jambe, pas en plastique comme les jambes de poupées qu'on voit à Cuba, où presque tous les boiteux marchent sur un seul pied et ont droit avec un peu de chance à une prothèse toute raide ; non, celle-ci était une extrémité robotique sophistiquée en fibre de carbone.

J'étais content que Margaret ait une jambe en moins.

Il me restait très exactement 175 493 dollars, et ici ce n'est rien, c'est presque une condamnation imminente à se retrouver livreur de pizzas à domicile ; et puis il fallait que je me paie une nouvelle identité, je pouvais pas continuer à être le veuf de feu Elsa Pound, parce que les yanquis ont bonne mémoire ; et des papiers fiables qu'on puisse montrer sans trembler sur ses pieds, ça coûte très cher.

Ileana

Je me suis coltiné la Johannes pendant plus de dix ans, je dis bien coltiner parce qu'on a commencé l'École Élémentaire d'Arts Plastiques de Cienfuegos Benny Moré, puis on a poursuivi à l'École Nationale d'Art (ENA) pour finir à l'Institut Supérieur d'Art (ISA), et durant tout ce temps nous pensions être amies ou pas loin. Bien que je me sois constamment demandé en quoi consistait notre amitié, vu que Johannes ne dédiait son temps qu'à une chose : son œuvre. Elle a été rapidement reconnue. À l'école élémentaire déjà, elle consacrait plus de temps à ses créations que n'importe lequel d'entre nous. À l'ISA, cette propension s'est accentuée, nous étions les seules élèves de notre promotion originaires de Cienfuegos, pourtant nous nous parlions peu. Moi j'ai toujours été une artiste conceptuelle, peu versée dans l'artisanal, j'étais très intéressée par le contemporain. Mais mon approche artistique n'était pas encore réellement définie. Johannes savait déjà ce qu'elle voulait. Sa méthode, qu'elle appelait « anti Kacho », consistait à poursuivre un travail laborieux qui commençait par l'écriture et la prise de notes sur un carnet, passait par une étape photographique avant d'en venir au dessin puis à la toile, où elle appliquait ce qu'elle appelait des « couches de réalité ». Ces couches de réalité, superpositions d'huile, étaient d'une préciosité telle qu'une fois terminé, un tableau de Johannes évoquait les grands maîtres de la Renaissance tardive. Quand Johannes se décidait à te montrer l'un de ses tableaux, tu songeais à l'école vénitienne. Le caractère maniériste de ses créations lui a valu les critiques d'une partie du corps professoral de l'institut. Les professeurs ne voyaient pas la nécessité, à l'époque de la photographie en haute définition, de peindre avec un tel luxe de détails. Ils l'ont énormément critiquée mais elle n'a jamais renoncé à sa méthode. Elle a fini par se faire accepter. Dire qu'elle a participé à la Biennale de La Havane alors qu'elle n'était qu'en deuxième année, et qu'un des critiques les plus importants s'est donné la peine de publier dans la revue Arte Cubano un papier sur son œuvre, photos inclues… Je conserve encore un exemplaire de cette revue, Johannes me l'avait offert. C'est un des rares gestes qu'elle ait eus envers moi.

Elle ne parlait jamais de sa famille et encore moins de la cathédrale. J'ai toujours vécu à Punta Gorda, de loin le meilleur quartier résidentiel de la ville. J'allais très peu à Punta Gotica ; pour moi comme pour beaucoup des habitants de Cienfuegos de bonne famille, la ville s'arrêtait à gauche du parc Martí. « Circulez, il n'y a rien à voir par là-bas », disait mon défunt père, paix à son âme, qui se vantait de ne jamais avoir mis les pieds à Punta Gotica. Mais quand cette église des frères du Saint Sacrement, trivialement appelée la Cathédrale des noirs, a commencé à prendre forme, je montais sur mon vélo et j'allais voir ce qui m'a depuis toujours paru être l'œuvre la plus réussie de la ville de Cienfuegos : une installation plastique de notre père et seigneur. À l'époque, j'étais la fiancée de celui qui deviendrait le premier mari de Johannes. Fiancée sans nous être jamais vus. J'ai connu Guido sur un de ces sites de chat dont regorge Internet, et après de multiples rencontres virtuelles où nous nous sommes découverts beaucoup de points communs, depuis notre amour du rock et des romans d'*heroic fantasy* jusqu'au cinéma expressionniste allemand, je lui ai envoyé une photo et il a voulu venir donner un sens physique à notre empathie électronique. « D'accord », ai-je dit, et une semaine plus tard Guido débarquait à Cienfuegos. Un homme grand, d'une trentaine d'années, aux hanches étroites et aux pectoraux conséquents, un canon, dirait-on aujourd'hui. Je l'ai présenté à ma famille, ils l'ont adoré. Ils ont apprécié en particulier qu'il ne soit pas Napolitain, une espèce souffrant de la pire réputation à Cienfuegos, mais de Lombardie. Guido était de Milan même, la ville la plus industrialisée d'Italie. Quand je l'ai emmené voir la Cathédrale des noirs, il a été fasciné. Il a pris un millier de photos et m'a dit que nous, les Cubains, étions timbrés. Guido travaillait en tant que gérant dans une banque et il était comme ça, tellement expressif qu'on l'aurait pris pour un Cubain. Je lui ai présenté Arturo Stuart qui était là avec les ouvriers, travaillant torse nu, et Guido est resté stupéfait devant cette poitrine pleine de muscles qui détonnait avec le crâne grisonnant et le visage couvert de rides. « On dirait un vieux *condottiere* », m'a susurré Guido, quand le vieux, après nous avoir donné la bénédiction, nous a serré la main et est retourné à son travail de maçon. « C'est le papa d'une copine de l'école », ai-je commis l'erreur de dire. Il a voulu la rencontrer, et quand arrivés à La Havane je l'ai emmené à l'internat de l'ISA et la lui ai présentée, tout a été fini entre nous. Johannes lui a plu. C'était une de ses qualités, celle de plaire beaucoup aux étrangers, surtout aux Européens. Pour la plupart des Cubains, Johannes était une noire de plus, jolie si on veut, mais trop foncée à notre goût. Avec les gens venus d'ailleurs, elle avait tous les atouts en main, tellement altière, elle ressemblait à une princesse égyptienne. Bref, elle m'a piqué mon mec. Elle l'a fait à sa façon, l'air de rien, en jouant les innocentes. Il l'invitait à sortir et elle acceptait. Si ensuite je lui posais la question, elle disait, en me regardant avec ses yeux carmélites : « Nous avons parlé d'art, il veut m'acheter un tableau. » Hypocrite. Un jour, j'ai pris la décision et l'ai défiée au combat : « Écoute, grosse pute noire, on va profiter qu'aujourd'hui c'est dimanche et qu'y a personne dans l'école, on va fermer l'internat et on va s'envoyer des baffes jusqu'à ce qu'on décide à qui appartient Guido, parce que c'est pas toi qui vas me gâcher ma putain de vie. » Je lui ai lâché tout ça, et elle, froide comme elle était, m'a dit qu'elle avait fait du karaté dans sa prime adolescence, là-bas à Camagüey, et qu'il valait mieux pas pour moi que je me batte : « Je vais te rétamer, et puis d'ailleurs, ton Guido tu peux l'avaler avec des frites, c'est pas de ma faute s'il me court après. » En entendant tout ça, je me suis jetée sur elle, mais on nous a séparées. Après, on a passé pas mal de temps sans s'adresser la parole. Guido est parti en Europe. Six mois se sont écoulés, et quand je lui écrivais il se montrait froid avec moi. Pour finir, je lui ai envoyé un email lui précisant que je n'étais pas un plan B et qu'il aille se faire foutre. Il a répondu d'accord.

Quand il est revenu d'Italie, il sortait déjà avec Johannes. Il allait la chercher à l'internat et c'est tout juste s'ils s'embrassaient pas devant moi, alors bon, c'était une telle humiliation qu'un jour j'ai mis une chanson de Nirvana sur mon lecteur mp4 et j'ai pris des cachets pour me foutre en l'air une bonne fois pour toutes. Mes camarades de chambrée m'ont sauvée. J'ai consulté pendant un temps une psychologue de l'hôpital Hermanos Almejeiras, et j'ai fini par comprendre la grande erreur que j'avais été sur le point de commettre, m'ôter la vie à cause de ces deux ingrats, surtout elle, qui était censée être mon amie. Puis je l'ai pardonnée, après tout elle a suffisamment souffert, bien qu'elle soit millionnaire. L'argent et la gloire n'épargnent à personne la douleur, là-dessus je suis formelle.

J'étais devenu un adepte de la vie nocturne. Il y avait une petite pute chilienne, Mía, qui me plaisait, elle avait été trapéziste pour le Cirque du Soleil, et ses clients étaient maintenant parmi les plus fins et les plus sélects. J'étais pas un client pour elle, plutôt un genre d'amant, mais elle avait des goûts de luxe pire que les miens, et même si elle insistait pour payer, c'est souvent moi qui lâchais le fric, pour pas qu'elle me prenne pour un imbécile et porter bien haut l'honneur national de Cubita La Bella ici dans ce Louisville, cité la plus nordique du Sud, où on pensait qu'aux chevaux et on s'prenait pour des gens de l'Ouest. J'étais devenu précieux, moi qui ai passé mon enfance en claquettes. Je me badigeonnais le corps entier d'une crème hydratante recommandée par un célèbre acteur de cinéma, je me faisais faire la manucure une fois par mois, j'allais aux courses et je pariais, peu mais je pariais, le tout dans le but de côtoyer des femmes blindées, par conséquent, je savais quels étaient les endroits branchés de Louisville, et on me connaissait là-bas, car j'ai jamais lésiné sur les pourboires, donc quand les serveurs me voyaient arriver bras dessus bras dessous avec Margaret, ils se mettaient en quatre pour nous servir, certains me clignaient de l'œil discrètement, les cons, parce que Margaret, même si elle portait bien son âge était une vieille peau comparée à moi, qui passais mon temps à courir et à faire de la boxe au gymnase avec un entraîneur qui préservait mon visage.

En revanche, la petite Chilienne, franchement, elle me plaisait, elle avait déjà trente ans et était très déprimée, parfois elle se mettait à pleurer parce qu'elle était très catholique et souffrait d'être tombée si bas, c'est pour ça qu'elle ne retournait pas dans son pays, alors je lui ai dit de mentir comme tout le monde, de dire qu'elle était chasseuse de crocodiles dans le marais de Zapata.

— Et c'est où ça ?

— À Cuba, mais le temps qu'ils se renseignent pour savoir où ça se trouve, ils se feront à l'idée que t'es devenue pute.

Berta

Parfois nous sortions tôt de l'atelier, et Prince nous invitait à manger une glace. La file était très longue, alors en attendant, Araceli, lui et moi, on s'asseyait sur l'avenue du Prado et on discutait. Je ne l'aimais plus et j'arrivais à le regarder en face sans ressentir l'émoi d'autrefois. Désormais, je l'admirais beaucoup. Il me semblait promis à de grandes choses, surtout s'il parvenait à se concentrer, à mettre vraiment la poésie au centre de sa vie et oublier les prêches dans l'église délirante de son père. C'étaient des jours merveilleux. Araceli m'avait déclaré son amour par un après-midi où nous étions seules chez moi en train de lire Ángel Escobar, et je n'ai pas su quoi dire. Je n'avais jamais eu de rapports avec aucune femme, mais sa bouche sentait l'amande, et les odeurs comptent beaucoup pour moi. J'avais passé ma vie à supporter la mauvaise haleine des mille et un ivrognes de mon quartier. Je m'étais fait la promesse de ne jamais embrasser quiconque empesterait la boisson, les cigarettes, la mauvaise digestion ou les caries.

Araceli était parfaite. Bien qu'elle ait été mariée et qu'elle ait même trompé son mari, elle avait quelque chose de virginal, d'innocent, qui se reflétait jusque dans ses poèmes, la plupart en prose. Des poèmes que souvent le professeur critiquait car ils n'étaient pas proprement urbains et ne semblaient pas avoir été écrits par quelqu'un d'aussi jeune. Moi j'aimais la poésie d'Araceli, y compris une grande partie de son œuvre d'adolescence. Quand nous nous sommes revues, maintenant qu'elle se consacre à la télévision, je l'ai interrogée sur ses premiers écrits et elle n'a pas su me répondre. Il lui a été plus facile de me dire : « Couche avec moi, s'il te plaît, j'en ai tellement besoin, tellement », que de me parler de poésie. Ça arrive tout le temps à Cuba, on s'éteint et ensuite on a peur de rallumer la lumière. « Un jour on écrira un roman à quatre mains », m'a-t-elle proposé la dernière fois qu'on s'est vues, dans le studio télé où est tournée son émission. Elle était maquillée pour la retransmission et son visage me faisait penser à celui d'une geisha.

— Un roman qui englobe tout, depuis la cathédrale jusqu'aux frères Stuart, sans oublier notre amour, parce que qu'est-ce qu'on a pu s'aimer, pas vrai ? J'aurais jamais imaginé aimer une femme et encore moins prénommée Berta, notre rencontre nous a changé la vie, pas vrai ?

— Oui. Et Aramís, il apparaîtra dans ton roman ?

Elle n'a pas répondu, car au même moment le producteur s'est approché pour lui dire qu'il ne restait plus que trois minutes. Elle m'a soufflé un baiser et m'a dit : « On se voit après sans faute, attends-moi, on ira en voiture voir le concert de Carlos Varela. »

— D'accord, lui ai-je promis.

Après, ça n'a pas été possible, et je suis partie.

Mais cet après-midi-là sur le banc du Prado de Cienfuegos, nos illusions presque intactes, attendant notre tour devant le glacier Coppelia de Cienfuegos, nous écoutions le jeune Prince et il nous semblait qu'un jour tout serait différent. Aujourd'hui je comprends qu'il s'agissait d'un de ces rares moments de trêve offerts par la vie : le mari d'Araceli ne prenait plus la peine de venir à Cienfuegos dans le but avoué de tuer la coupable d'être pute et gouine, Prince était encore loin de devenir le monstre qu'il serait par la suite, ma mère était vivante, et moi heureuse. Pas de façon éclatante, à grand bruit : non, j'étais heureuse peu à peu, par petits bouts, presque sans m'en apercevoir. Je lisais beaucoup. Nous trois lisions beaucoup, et franchement, je ne m'inquiétais pas du fait que, tout à coup, je me mette à aimer les femmes. J'adorais sentir l'haleine d'Araceli sur mon visage, plonger dedans, le reste glissait sur moi.

Le Gringo

Elle parlait trop pour être nord-américaine, au deuxième rendez-vous je connaissais déjà le prénom de ses parents et savais qu'elle avait un frère lui aussi coureur automobile qui vivait à Monte-Carlo. Elle parlait, mais t'observait avec des yeux inquisiteurs, te perçant à jour, soupesant chacun de tes mots, et pour la toucher il fallait se lever de bonne heure : trois semaines ont passé avant qu'elle ne laisse mes lèvres frôler les siennes, elle était trop complexée par notre différence d'âge notable et sa claudication.

— J'ai trouvé en toi mon âme sœur, a-t-elle fini par déclarer après notre premier baiser avec la langue.

Je l'ai regardée en souriant à peine et j'ai approuvé à mon tour. Ensuite, une fois seul, je me suis appliqué à chercher des informations sur Internet pour ne pas trop laisser transparaître mon ignorance. J'ai jamais été stupide, franchement, et sans cette prof d'anglais qui s'est laissée séduire en terminale, j'aurais peut-être été un élève modèle, donc j'aimais étudier et je passais des heures et des heures sur Wikipédia, Encarta et les journaux et revues électroniques les plus divers et variés, le tout pour embobiner Margaret. Mía, la petite Chilienne, a été d'une grande aide en la matière, elle s'y connaissait pas mal en littérature américaine et même européenne, nous allions ensemble à New York farfouiller dans les librairies d'occasion. Parfois, l'envie me prenait de rester dans la Big Apple avec Mía et d'oublier la provinciale Louisville et Margaret la motarde squelettique, mais cette femme était devenue une menace. Elle savait que j'étais veuf, d'une femme aussi âgée qu'elle, américaine également, et incidemment blonde décolorée comme elle. Elle trouvait ça bizarre. Franchement, moi aussi j'aurais trouvé.

Berta

Mon amour pour Prince s'est vidé comme l'eau dans l'évier quand on retire le bouchon, et nous pouvions être à trois sur le même banc du Prado. Prince assis entre nous deux, et Araceli me caressant la main droite sans qu'il s'en aperçoive. À l'époque, comme Prince avait vendu le scooter hérité du Gringo, on rentrait toujours ensemble dans notre quartier. Il était encore beau, mais semblait moins délicat qu'auparavant et n'exerçait pas la même attirance bestiale que son frère. Il ressemblait à un mannequin, d'ailleurs il portait les habits que le fiancé étranger de Johannes avait l'habitude de lui offrir. Il se baladait toujours avec un cahier à couverture bleue contenant ses poèmes ainsi que les brouillons de ses sermons, et quelque devoir pour l'école. Araceli, en revanche, se servait d'un carnet à spirales sophistiqué où elle avait très habilement écrit sur la page de garde le mot POÉSIE en majuscules. Moi aussi j'avais un carnet réservé à l'écriture. J'ignore ce que sont devenus les poèmes de Prince, si je recroise Johannes un de ces jours je lui demanderai. En ce temps-là, je les trouvais très bons et osés, pas du point de vue de la forme, qui était assez conventionnelle, mais des idées. Pendant l'atelier aussi nous nous asseyions côte à côte, ce qui fait qu'un petit malin nous a surnommés « La troupe de Punta Gotica ». Comme ils ne savaient pas que Prince était le fils d'Arturo Stuart, ils parlaient souvent de la cathédrale et du fou qui avait eu l'idée de la construire, et bien sûr des autorités plus folles encore de l'avoir laissé faire. Prince ne disait rien. Il se contentait de rire. Il avait des dents banches et régulières et des mains… jamais je n'ai revu un homme avec des mains comme celles-là, belles, aux doigts longs et délicats qui vous donnaient envie d'être caressée. *Serait-il homosexuel, ou bien n'aime-t-il pas les gens de sa race ?* pensais-je en cherchant son regard, car je me savais jolie, et comme avec Araceli il nous restait encore de l'or, on s'habillait bien.

Hier j'ai revu le mort. Aramís a fait son apparition dans mon appartement de la Vieille Havane et m'a dit qu'il fallait que je déménage, parce qu'un cyclone approchait. Il n'avait pas changé, toujours le même jeune homme blanc nu avec sa blessure au cou qui pissait le sang.

— Et quand vais-je rencontrer l'amour de ma vie ? lui ai-je demandé.

— Homme ou femme ? a dit Aramís avec cette triste ironie des morts, et j'ai compris qu'il n'arrivait pas à me pardonner d'avoir été la maîtresse d'Araceli.

— Le genre n'a pas d'importance, lui ai-je répondu, du moment que c'est quelqu'un qui m'aime pour de vrai, qui m'aime comme elle m'a aimée.

— Mais ça n'a pas duré.

— Rien ne dure.

— Ils ont tué l'homme qui a mis fin à mes jours, a-t-il dit soudain. Je voulais venir te voir mais je ne savais pas si tu serais d'accord.

— Le Gringo a été exécuté ?

— Il a épuisé tous les recours en appel, d'abord le gouverneur du Texas puis la Cour Suprême lui ont dit non, il va très mal, mais il veut savoir s'il peut venir te voir.

— Le Gringo est un mort sombre, je ne le veux pas près de moi… j'ai besoin de clarté, de ta clarté, ai-je dit à Aramís, puis je lui ai répété pour la centième fois : Je m'excuse pour ce qui s'est passé entre Araceli et moi, on n'avait pas le choix, c'est que les hommes cubains étaient affreux, pas un n'était tendre avec nous, ils voulaient tous la même chose… tirer leur coup et point barre, pour nous c'est fatigant à la longue, alors le besoin de tendresse commence à se faire sentir, une tendresse sincère, pas juste pour s'amuser, alors excuse-moi Aramís, et élève-toi, monte enfin vers les régions sidérales où t'attendent les êtres lumineux comme toi, ne te laisse pas faire par cette ordure qui t'a volé ta vie, éloigne-toi du Gringo.

— Je ne peux pas, a-t-il dit. J'essaie de m'élever, mais quelque chose m'en empêche et me retient ici à ras du sol comme un avion fumigateur, car je suis à l'intérieur d'une Nganga. Le Gringo me l'a dit : « J'ai été mauvais, Aramís, non content de t'avoir tué et d'avoir vendu ta chair, j'ai offert ton crâne et tes os à mon parrain dans le Palo, c'est lui le vieux aux cheveux blancs qui te retient en esclavage, qui t'oblige à faire des choses dont tu ne gardes ensuite aucun souvenir. »

— Je sais qui c'est, je lui ai dit, et je vais te sauver pour que tu t'élèves.

— Merci, Berta, a-t-il dit, et il a disparu comme de l'eau dans l'eau.

L'année dernière, trois membres des éditions Mecenas sont venus ici, à La Havane, et m'ont commandé une anthologie de poésies d'auteurs nés à Cienfuegos après 1959. J'aurais préféré décliner l'honneur qui m'était fait mais j'avais besoin de cet argent, donc j'ai signé le contrat et je me suis mise au travail. Ils n'ont pas consenti à inclure Prince. « Il ne nous semble pas représentatif, tout compte fait il est né à Camagüey », ont-ils d'abord avancé. « Et Michel Martín ? Et Edel Pereira, le fil de fer ? Et Ian ? Des poètes de Cienfuegos même, je crois qu'il n'y en a qu'un, Jesús Candelario », ai-je répliqué, alors ils ont argué qu'ils ne jugeaient pas convenable d'inclure Prince. « C'est un monstre, ont-ils conclu, l'inclure discréditera la poésie cienfueguera. Et nous avons déjà suffisamment à faire avec cette horreur de temple que son père a construit à Punta Gotica. »

Araceli, elle, a été retenue.

Le Gringo

Il a fallu que je quitte Mía, quelque chose en elle m'excitait trop, sa peau mate m'emplissait de désirs cruels, j'avais envie de la tuer ; pour rien, puisque Mía n'avait pas un centime, si ce n'était pour m'en faire des biftecks, et le constat m'effrayait : agir pour sa survie c'est une chose, mais c'en est une autre bien différente que de devenir un pauvre type ou un pervers qui ne peut être avec une femme sans devoir l'avaler avec des frites. Le jour où je lui ai dit qu'il fallait qu'on arrête, elle a sévèrement déprimé, elle a failli m'émouvoir avec ses larmes.

— C'est à cause de cette vieille pute, m'a-t-elle dit.

— Oui, c'est à cause d'elle, j'ai répondu, et je l'ai envoyée se faire foutre.

C'étaient les morts qui me poussaient à manger Mía, surtout la bouseuse, Amarilis, parce que j'étais assez couillon pour conserver encore son bout de crâne et le reste des os dans le coffre-fort de mon appartement à Louisville.

Rogelio l'architecte

Aujourd'hui on me dit : « Tu as renoncé à ça, à l'opportunité de devenir un génie comme le maître Gaudí », et je leur réponds oui, j'ai renoncé, mais ensuite je me dis que le génie, on naît avec. Si ça avait été mon destin de l'achever, cette cathédrale du mal, ce serait déjà fait : et puis j'ai jamais prétendu être un génie, j'ai toujours voulu être une de ces personnes anonymes qu'on voit assisses dans le parc en train de lire le journal et qu'on oublie aussitôt, je voulais être un de ceux-là, rien de plus. C'est ce que je suis aujourd'hui et je ne le regrette pas, il est vrai que parfois je prends mon vélo, malgré ma femme qui crie : « Rogelio, pense à ta prostate, tu vas finir par te tuer, s'il te plaît », je vais à Punta Gotica et je reste là à regarder cette ruine qui aurait pu être ma cathédrale avec une grande plaque où serait gravé mon nom. Je ferme les yeux et pense que les choses auraient pu être très différentes. Aujourd'hui, maintenant que l'Université de Cienfuegos possède enfin une chaire d'Architecture et Génie civil, le doyen qui a fait ses études avec moi à Santa Clara m'invite parfois à donner des conférences. « Pour que tu te fasses un peu de sous », dit-il condescendant, brave et fanfaron. Quand je me retrouve face aux élèves, je me mets à parler de l'architecture cubaine depuis les années 2000 jusqu'à nos jours, redoutant et désirant à la fois qu'ils s'y intéressent et m'interrogent au sujet de la cathédrale, si enfin une main se lève et qu'une jeunette s'enquiert :

— Et la Cathédrale des noirs, comment doit-on la définir, monsieur ?

— Comme une folie, une œuvre de génie ou les deux ? demande un autre, alors je m'étale.

Je leur fais quasiment un précis d'histoire d'architecture, en remontant jusqu'aux Mayas en passant par les Assyriens, avant de sauter les siècles et de me retrouver directement au bas Moyen Âge européen, dans ces moments-là ils me regardent et savent que je fuis, que j'ai peur de répondre.

— J'ai renoncé à être un grand, dis-je à mon frère Felipe quand on est saouls tous les deux. J'y ai renoncé alors qu'un ange m'a indiqué le chemin ; c'était un ange sans ailes, j'aurais dû me douter dès le départ que c'était un ange du mal, un démon.

— Ne sois pas triste, me répond mon frère, qui a fait des études de psychologie, bien qu'il n'ait pas eu son diplôme et soit obligé d'aller tous les jours travailler comme comptable dans une de ces petites entreprises de rien du tout qui font dans la gastronomie, et ce jusqu'à ce qu'il prenne sa retraite, comme moi, qui suis déjà retraité, et qui même en ayant fait l'architecte pendant trente ans touche une indemnité de misère et dois dessiner un petit plan par-ci par-là aux gens qui construisent pour m'en sortir tant bien que mal. Et dire qu'au temps des sacramentaires, Arturo Stuart me payait deux cents pesos par jour pour édifier son église.

— Oui, mais c'était la cathédrale du mal, dit mon frère, répétant ce que je lui ai dit moi-même cent fois, alors ne sois pas triste.

— Cathédrale du mal mon cul, je lui dis. Regarde l'état de ma maison, elle tombe en ruines.

J'aurais dû partir en Europe quand j'étais jeune, ou aux États-Unis, c'est là-bas que ça se passe. Là-bas on continue à construire pour de bon, là-bas l'architecture d'auteur existe encore, pas comme ici où tout est choisi sur catalogue, chinois, brésilien ou indien, et tu peux rien y faire. « Ne sois pas triste, parlons foot », soupire mon frère, et il s'envoie une de ces longues rasades, de celles que seuls les vieux s'enquillent quand ils sont déjà bien saouls.

Le Gringo

Elle était âgée mais elle avait quelque chose de fin et délicat. La première fois qu'on a couché ensemble, elle m'a appris à lui retirer sa jambe en plastique et fibre de carbone, ensuite elle s'est déshabillée, et nue, elle était beaucoup mieux. C'était pas du tout un laideron, elle avait cinquante-sept ans mais elle les portait bien. Tout en la baisant, je regardais la patte robotique posée sur une étagère, c'était comme de regarder un étrange accessoire extraterrestre, ça m'excitait. J'aimais aussi foncer sur ces Ducati, ce que l'Italie a fait de mieux après la Renaissance, même mieux que sa Harley-Davidson à elle, un classique et tout ce que tu voudras, mais trop lourde.

Je croyais qu'elle allait jamais me le proposer, mais au bout d'un an, deux jours avant que je fête mes trente-et-un ans, Margaret m'a demandé de m'installer chez elle, comme ça, tout simplement, comme toutes les choses qu'elle faisait, comme si le mec c'était elle. Plus tard, elle m'a précisé qu'elle avait consulté son parrain de *candomblé*, et qu'il lui avait dit que j'étais l'homme de la situation. *Un sacré charlatan ce parrain*, j'ai pensé, et je me suis fait prier un moment pour ne pas attirer ses soupçons.

Le Boyau

Prétendre d'Arturo Stuart qu'il lâche le fric comme un simple vendeur de pizzas clandestin était une erreur de la part du russe Antón Abramovich : nous envoyer le Gros Gris et moi chercher l'argent cet après-midi de septembre, c'était vraiment signer le début de la fin de son règne.

Le Gringo

Nous n'étions pas discrets, même dans ce pays rempli de gens loufoques, une cinquantenaire aux cheveux si clairs qu'ils semblaient blancs, vêtue de skaï noir, et un jeune noir mince habillé en Armani, chacun sur sa bécane ultramoderne traversant à toute vitesse les chemins vicinaux du comté, ça attirait grave l'attention, et souvent Margaret et moi entendions le sifflement des patrouilles derrière nous, exigeant qu'on se rabatte sur le côté : nous dépassions la vitesse autorisée. Tant de zèle de la part des policiers nous faisait marrer, et je jouais parfois les prolos – jouer les prolos revenait à parler avec un accent très prononcé, histoire de rigoler un peu. C'était un truc qui me plaisait chez elle, elle était toujours partante pour le rire et la rixe, j'ai dû moi-même me battre de nombreuses fois avec des types qui l'avaient regardée avec pitié ou blessée d'une manière ou d'une autre. Elle leur fonçait dessus et les frappait, c'était terrible, parce qu'à Yanqui Land n'importe quel gringalet pèse plus de deux cents livres en muscles, alors que moi au plus fort de mon poids, je n'ai jamais dépassé les cent quatre-vingts, donc je me voyais contraint de frapper vite et bien, en visant toujours le menton. Toujours prêt aussi à dégainer mon pistolet, au cas où. Parfois, bien sûr, on en sortait perdants elle et moi, mais c'était très rare.

C'est ce qui me plaisait chez ma vieille Margaret, ce que je supportais mal c'était ses politicailleries et cette façon de penser à ce point aux pauvres avant de descendre une bouteille de Chivas Rigal à cinq cents dollars.

Ian Rodríguez, poète et écrivain de Cienfuegos

J'ai rencontré le Diacre par un après-midi où la pluie menaçait, c'est pourquoi très peu de gens ont assisté à l'atelier ce jour-là, ce sont Araceli et Berta qui l'ont amené. Je me souviens que quand je l'ai interrogé sur ses goûts littéraires (je le fais normalement avec tous ceux qui débutent pour évaluer le niveau de leurs lectures), il m'a parlé de William Carlos Williams et de Wallace Stevens, des poètes qu'alors il admirait beaucoup, bien que sa façon d'appréhender la poésie ait au final très peu de rapport avec l'œuvre de ces auteurs nord-américains. Tout bien réfléchi, la poésie du Diacre ressemblait beaucoup à celle de Rimbaud et de San Juan de la Cruz. Agrémentée sans doute d'une tendance post-moderne qui lui allait plutôt bien. En commençant l'atelier, il avait déjà quelques trucs écrits, avec bien sûr les erreurs que l'on s'attend à trouver chez un débutant, mais c'était pas mal du tout. Nombreux sont les poètes ayant à leur actif plusieurs livres publiés qui auraient envié ce tas de textes griffonnés sur un cahier, à la main et d'une écriture rapide, des petites pattes de fourmis. C'est pour ça que je lui disais : « Je ne comprends pas ce passage, lis-le-moi », et il déclamait de sa voix claire, virile, qui contrastait tellement avec son corps mince, d'apparence fragile.

C'était naturel chez lui. Il était né avec un instinct poétique qu'il répandait, sans le canaliser, ce qui allait parfois à l'encontre de l'harmonie dans nombre de ses œuvres. Je lui disais : « L'inspiration est un cheval sauvage mais tu ne peux pas toujours le laisser s'emballer, le moment venu tu dois le dompter. » Il était d'accord avec moi, mais maîtriser cette tendance à l'automatisme psychique lui était très difficile. Même dans le livre qui lui a ensuite valu le prix Pinos Nuevos, il y a des poèmes où l'on sent ce lyrisme accéléré.

Il venait toujours à l'atelier accompagné des deux jeunes filles. Entre eux, semblait exister une relation au-delà de la simple complicité littéraire. J'étais convaincu qu'ils étaient amants, et je me disais que le Diacre avait beaucoup de chance, car les deux demoiselles étaient très jolies.

Des deux, bien que fainéante quand il s'agissait d'écrire, davantage tournée vers la contemplation et la lecture, Araceli était la plus douée pour le fait poétique. Elle aimait beaucoup l'hendécasyllabe, et ses sonnets étaient assez bons, mais on les aurait crus écrits par quelqu'un de moins jeune. Berta, au contraire, travaillait longuement à des poèmes longs en vers libres, laborieux et stylisés, mais je l'ai toujours considérée comme beaucoup plus prometteuse dans la narration, vraiment. Maintenant qu'elle est une romancière aussi célèbre, quand elle vient à Cienfuegos pour un jury de la Casa de las Américas ou quelque chose du genre, je lui rappelle à quel point mon conseil d'aller voir Marcial, le gars à bicyclette, ou de profiter du fait qu'Atilio était à Cienfuegos et de parler avec l'un des deux, l'avait attristée. « Mais puisque j'ai rien écrit de narratif, qu'est-ce que je vais leur montrer ? Mes seins ? », a-t-elle répondu avec cette tendance au sarcasme qui s'avérait un peu lassante parfois, et qui les caractérisait tous trois — le Diacre surtout —, et qu'on leur pardonnait car on y devinait le besoin de se protéger de la société. Beaucoup regardaient de travers ce trio amoureux. Quand ils entraient dans la librairie où je donnais mon cours, les employées restaient là à les observer et péroraient sur « la petite blanche de Santiespíritu qui a atterri à Cienfuegos sur un coup de dés et que la blackette a autorisée à loger chez elle ; mais qui peut bien caser quelqu'un chez soi si ce n'est par intérêt, sexuel en l'occurrence ? » Et sur le Diacre : « Le fils de ce pasteur fou de Punta Gotica qui depuis des années et des années construit une cathédrale qui n'en finit plus et qu'à force de pousser on verra un jour depuis l'entrée de la librairie sans avoir à lever la tête, lui aussi il trempe dans l'affaire et il se les tape toutes les deux, même si la black ne sait probablement pas qu'il est aussi avec l'autre, parce que quand pour une raison x ou y elle ne vient pas à l'atelier, faut voir comment la petite blanche s'accroche au bras du Diacre, et puis quand le cours est fini ils partent pas vers Punta Gotica, non, ils remontent le Boulevard, et un jour moi je les ai vus entrer dans une de ces maisons où on ne va que pour niquer. »

Voilà ce que j'ai entendu dire sur eux, toutes les fois où en quête d'un livre quelconque je m'approchais des libraires sans qu'elles s'en aperçoivent.

Parfois tu dois tuer quelqu'un même si tu veux pas, c'est un truc qui te ronge de l'intérieur, un dilemme, comme on dit ; c'est ce qui m'est arrivé avec Margaret, ma deuxième épouse, avec elle j'aurais aimé que ça dure toute la vie, mais à Louisville, cet infâme trou paumé, la situation a commencé à se gâter. Il y avait des gens qui me connaissaient, des fermiers qui m'avaient vu avec Elsa et qui n'appréciaient pas que je me remarie avec une vieille Américaine, alors j'ai soufflé à Margaret qu'on pourrait déménager dans la Big Apple ou au moins à Chicago, que j'avais déjà eu ma dose de prairies bleutées et de chevaux, mais elle n'était pas du même avis. Elle se voyait comme la femelle alpha.

— Ma vie est ici, *darling*, m'a-t-elle dit, avant de rectifier : Notre vie.

Putain, je me suis dit, il faut que je lui pique tout ce je peux et que je me casse, je peux pas me retrouver veuf deux fois de suite parce que ces Américains sont pas aussi cons qu'ils en ont l'air.

Et puis, je m'étais attaché à elle, mais un mec comme moi peut pas se payer le luxe d'aimer quelqu'un d'aussi méfiant que Margaret, qui elle, au fond, n'aimait personne. Il suffisait de voir les caméras de surveillance qu'elle avait installées pour les employés de la concession, et à quel point elle les maltraitait dans ces réunions auxquelles elle me demandait parfois d'assister.

Le bon boiteux n'existe pas, pensais-je en la regardant agir comme si Dieu était son cousin, se prenant pour je ne sais qui juste parce qu'elle gardait la ligne alors que presque toutes les femmes de son âge avaient déjà rejoint l'état de pudding.

Ce qui m'a décidé, ça a été la rencontre avec un noir comme moi. Un jour, alors que j'étais sur le point de monter dans ma Ferrari, je sens sur moi un regard hostile, je me retourne, et là je vois un métis aux yeux clairs plus ou moins de ma taille qui me dit d'une voix chargée de « rrr » qui m'a déplu dès le départ :

— Nous avons à parler vous et moi.

Il s'appelait Pierre Giscard et avait été l'amant de ma vieille, d'après ce qu'il m'a dit quand nous nous sommes assis dans un Starbucks et que le serveur nous a servi les expressos.

Il parlait comme un vrai gigolo, un type qui bouffe à tous les râteliers. Il venait d'arriver de Toronto, où on l'avait appelé pour entraîner une écurie automobile, et il avait appris la nouvelle : Margaret O'Sullivan était désormais une femme mariée. Je l'écoutais avec un léger sourire, sans le prendre trop au sérieux, mais brusquement il a déclaré qu'il arrivait au bout de ses réserves d'argent, qu'il avait fait des recherches sur moi et qu'il possédait des informations sur l'étrange mort de ma précédente femme, et ça en revanche, ça ne m'a pas plu du tout.

« Je vais te donner de quoi rester sage. Combien tu veux ? », j'ai sorti mon carnet de chèques et mon stylo, mais il a secoué la tête en signe de refus.

— Tu acceptes le liquide ? j'ai demandé en jouant l'idiot, et ce grand couillon m'a répondu que non, ce qu'il souhaitait c'était que je laisse Margaret tranquille, c'était pas une femme pour moi, la preuve c'est qu'ils avaient continué à se voir, et si je le croyais pas, il avait des vidéos.

— D'accord, allez, j'ai dit, t'as gagné… tu es haïtien, c'est ça ?

— Français, a-t-il dit avec arrogance. Je suis pas un Caribéen comme toi… Pars tant qu'il est encore temps… J'ai un dossier sur toi et je le donnerai à la police, t'es prévenu.

Puis il s'est levé, et ce sale fils de pute a osé me tendre la main. Je l'ai prise et j'ai souri. Quand il est parti, je suis monté dans ma Ferrari et j'ai allumé l'ordinateur de la voiture. Je me suis connecté à Internet, sur Google Pierre Giscard était décrit comme un ex-champion de Formule 1 qui avait eu une lésion crânienne suite à un accident, provoquant chez lui un comportement instable et le rendant inapte à la conduite des voitures de course.

C'était un imbécile. S'il avait été un brin plus subtil, il se serait rendu compte qu'avec moi y'avait pas moyen. Alors, peut-être, lui et Margaret seraient-ils encore vivants, mais il s'était trompé, il m'avait pris pour un gars comme lui, de ceux qui ont foi dans les lois et les avocats. Ce soir-là, une fois couchés, j'ai demandé à Margaret si elle connaissait un certain Pierre, elle s'est crispée. Elle a fui mon regard tout en me disant que c'était un ami, et rien de plus, un pauvre garçon aussi abîmé qu'elle bien que ça ne se voie pas.

Elle me cache quelque chose celle-là, je me suis dit.

J'ai passé trois semaines à surveiller le type. Je suis devenu un expert à son sujet. J'ai fini par savoir où il vivait et quelles étaient ses habitudes. Il n'avait pas d'amis, excepté un autre Français, chef dans l'un des restaurants les plus sélects de la ville, et bien entendu Margaret, mon épouse, à laquelle il rendait visite régulièrement quand il me croyait sorti. J'évitais de le croiser. Nous ne nous sommes vus qu'une seule fois, dans le même Starbucks, et je lui ai dit que c'était bon, que je partais, mais qu'il fallait me laisser le temps de régler quelques affaires. Le type y a cru, a soupiré avec suffisance et m'a à nouveau tendu une main, fine, musclée mais molle, c'était comme d'étreindre un oiseau mort.

— Donc tout est clair ? a-t-il eu le culot de demander.

— Oui, j'ai dit. Ne dis rien à Margaret. Je veux pas qu'elle me haïsse.

— Ok, a-t-il dit dans un sourire.

J'ai passé une semaine entière à réfléchir à la façon de pénétrer dans son logement. Le hasard est venu à mon secours, un jour j'ai découvert que le type cachait sa clé sous le paillasson devant la porte pour que l'employée de maison colombienne prénommée Lourdes puisse entrer et faire le ménage. L'employée venait un jour sur deux : lundi, mercredi, vendredi et dimanche. Les autres jours, ledit Giscard gardait la clé avec lui. La Colombienne arrivait aux alentours de neuf heures du matin. J'ai pris le risque. J'ai prié pour qu'aucun voisin ne me voie, je me suis rendu à la porte de la maison du Français, j'ai soulevé le paillasson et pris l'empreinte de la clef sur un morceau d'argile acheté dans un magasin pour enfants. Le lendemain j'ai pris le bus jusqu'à New York. Dans une rue de Brooklyn j'ai trouvé un serrurier portoricain. Pour mille dollars il m'a fait un double convenable de la clef. Le reste a été facile. Un mardi, à trois heures de l'après-midi, je me suis introduit chez Giscard. J'ai enclenché le système silencieux de mon quarante-cinq millimètres, et l'ai attendu assis sur le canapé. Il a tardé mais, au bout de deux heures environ, j'ai fini par entendre, d'abord des pas légers, puis la clef dans la serrure. Il a ouvert la porte. Il a posé sa sacoche sur la table en cristal et acier, et c'est alors qu'il a levé la tête et m'a vu. Il est tout juste parvenu à enlever ses lunettes. Je ne l'ai pas laissé parler. J'ai tiré en plein visage. Je ne l'ai pas fait par vengeance, il m'était même sympathique, c'était un noir délicat comme moi et il avait une prestance qui me faisait penser à Prince, mais l'un de nous était de trop.

J'ai ouvert ses placards et passé l'une de ses tenues de sport, cent pour cent Nike, même la ceinture. J'ai coiffé un bonnet authentiquement yanqui. J'ai mis mon costume dans un sac à dos. J'ai pris les clefs de sa voiture, une Volvo toute neuve. J'ai d'abord enroulé le cadavre dans une bâche en nylon, puis l'ai introduit dans l'énorme valise noire que j'avais apportée avec moi. J'ai descendu les escaliers avec la valise et placé le corps du défunt dans le coffre de la Volvo.

Je suis retourné chez lui. J'ai allumé l'ordinateur portable que j'ai trouvé sur la table. J'ai ouvert un document Word et rédigé un plan d'assassinat contre Margaret O'Sullivan, cette chienne de pute, et Richard Mora, alias Richard, un profiteur.

Berta

On jouait aux mots, je m'en souviens encore, on en prononçait un et c'était comme si le vocable restait suspendu dans les airs jusqu'à ce qu'on en dise un autre et qu'il éclate alors comme une bulle de savon.

On jouait aux mots. « C'est une façon d'atteindre au poétique », disait le maître Ian, et nous, Araceli et moi, on emmenait les mots jusqu'au quai face à la mer, notre coin préféré à Cienfuegos, et là, on continuait à jouer. « Lapis-lazuli », disais-je, et Araceli me répondait « par transparence ». On jouait aux mots, et parfois Prince venait avec nous, mais ne jouait pas. La mer semblait lui suffire. Il regardait, grisé, au loin, il semblait vieux dans ces moments-là, d'une vieillesse qui nous transcendait, une vieillesse ancestrale. Il n'était pas heureux, c'est peut-être pour ça que ses poèmes étaient si bons. Nous étions amoureuses, et ma mère commençait à s'en rendre compte : « Ce serait pas mieux maintenant, qu'Araceli se cherche un endroit où habiter ? Vous passez beaucoup de temps ensemble. »

On jouait aux mots.

Le Gringo

Je l'ai tuée le matin suivant, je me souviens qu'il tombait une pluie douce, annonciatrice de l'automne. J'avais déjà en main le passeport et le permis de conduire qui prouvaient que je m'appelais Albert Rodríguez, citoyen nord-américain d'origine costaricaine. Ces papiers m'avaient coûté soixante mille dollars, mais ils étaient de si bonne qualité que, avec, j'ai pu acheter le quarante-cinq millimètres qui m'a servi à liquider d'abord Giscard puis ma *wife*. Je lui ai permis de mourir en faisant ce qu'elle aimait au plus haut point, conduire son impeccable Harley-Davidson. Moi j'étais sur la Ducati. Nous nous sommes arrêtés à un carrefour devant un feu rouge. J'étais à quelques centimètres derrière elle. J'ai sorti mon pistolet.

— Adieu, mon amour, lui ai-je susurré avant de lui tirer une balle dans la nuque.

Je me moquais des caméras dont sont équipés tous les feux rouges de ce pays. Je l'ai vue tomber comme un petit oiseau et j'ai démarré sans attendre que ça passe au vert. Je ne me suis pas retourné. Mon sac à dos contenait précisément sept cent mille cinq cents dollars que j'avais retirés de mon coffre-fort.

J'ai mis à l'abri la moto qu'elle m'avait offerte pour mon anniversaire et le quarante-cinq millimètres dans un hangar en banlieue de la ville. Le cadavre de Pierre Giscard s'y trouvait déjà. J'ai mis le feu au hangar, non sans avoir bien sûr au préalable sorti la Toyota du mec, puis au volant de celle-ci j'ai dit adieu pour toujours à Louisville et à Ricardo Mora, alias le Gringo. Du moins c'est ce que je croyais.

Antón Abramovich

Dans ma jeunesse, je ressemblais au prince Andrés, de petite taille et belle allure. Je n'ai jamais eu de ventre ni le corps flasque, mais à l'époque j'avais la carrure d'un éphèbe de la Grèce antique. Je suis originaire de Tula, là où étaient fabriquées les meilleures armes du temps des tsars, et où est enterré le grand Lev Tolstoï. Mon père était professeur d'histoire à l'Université de Tula, mais pendant la Grande Guerre il s'est lié d'amitié avec un Nord-Américain, amoureux du Moyen Âge et d'archéologie. Le conflit a pris fin et mon père et le Nord-Américain ont commis l'erreur de continuer à s'écrire, et là, les soviets n'étaient plus du tout d'accord. Papa a été expulsé de sa chaire à l'université et à deux doigts de faire un petit séjour en Sibérie. Par chance, Staline est mort, et mon père a déménagé en Ukraine. Dans un immeuble de la banlieue de Kiev nous nous sommes installés à cinq, mes parents, mes deux sœurs et moi, j'avais à peine cinq ans. À dix-huit ans, je désirais être pilote mais ça n'a pas été possible. Avec un père comme le mien, les autorités n'ont pas jugé opportun de me confier l'un de leurs avions : les meilleurs au monde, disaient-ils. Depuis, je me suis promis à moi-même de ne plus jamais faire confiance à aucun État. *Je vais faire de l'argent*, me suis-je dit.

Je suis arrivé à Cienfuegos en 1980, sept ans après avoir obtenu mon diplôme, entouré des autres bolcheviks, russes pour la plupart, mais il y avait aussi des Ukrainiens, des Moldaves, des Biélorusses, des Kazakhs, des Arméniens et j'en passe. Ici j'ai tout appris, à me laver sans arrêt, à utiliser du déodorant, à jouir vraiment d'une femme, et, chose très importante, j'ai appris qu'on ne peut pas avoir peur. « Que celui qui a peur s'achète un chien », disent les Cubains. Ici, j'ai pu vérifier ce dont je me doutais déjà : je suis noir. Je m'en doutais parce que depuis tout petit déjà j'aimais le jazz, le blues, la salsa, et quand j'ai fait la rencontre de la femme noire, j'ai perdu la tête et je me suis marié avec Margarita, une étudiante en littérature anglaise. « Ma reine Margot », comme je l'appelais. Pour nous tout allait à merveille tant que j'engrangeais des roubles. L'argent ne demandait pas mieux que d'atterrir dans ma poche. Puis l'Union soviétique est tombée en poussière, mon père est mort, ainsi que ma mère, trois ans plus tard. Je suis resté à Cuba et j'ai persévéré dans mon ambition de devenir une personnalité, « un noir russe de style », comme disent les Cubains. Ainsi, alors que j'avais déjà mon bar, où les clients les plus huppés venaient d'Europe, du Canada, du Mexique, d'Argentine et du Brésil, désireux de goûter à tous types de perversions sexuelles en bonne compagnie, j'ai rencontré Yusumí, une noire aux traits indiens, aux cheveux longs et aux pupilles vertes, grande, la taille fine et le postérieur bien galbé. C'est sa propre tante qui me l'a présentée, une certaine Maribel.

— Écoute, m'a-t-elle dit, la petite vient de Guantánamo et chez elle la situation est critique, elle est prête à tout du moment qu'elle se fait un peu de blé.

— À tout ? Laissez-la-moi à l'essai, j'ai dit, et ça a été mon erreur, j'ai couché avec Yusumí, qui n'avait alors que quinze ans, et j'ai pas été capable d'être au clair avec moi-même, de lui acheter une maison et de la garder que pour moi, au lieu de ça je l'ai livrée aux chiens, humains comme à quatre pattes, j'en ai tiré des biftons, mais j'avais mal dès que quelqu'un la touchait.

J'avais mal comme si on m'enfonçait des aiguilles sous les ongles. J'avais mal, mais l'argent, le fric, le pognon, le blé, les kopeks, la thune, les pesetas, les drachmes, les couronnes, sont tout dans la vie, c'est la seule chose en laquelle on peut croire. Tomber amoureux c'est de la merde, si Yusumí ne m'avait pas ensorcelé, j'aurais pas perdu mon temps à dealer avec les sacramentaires, j'aurais laissé en paix ce vieux fou de Stuart, mais je voulais prouver quelque chose, il le fallait. J'avais besoin de prouver à Yusumí que j'étais le mâle alpha, qu'ici à

Punta Gotica pas une feuille ne tremblait sans mon autorisation, et je me suis scratché.

Le Gringo

Cinq jours après, ils parlaient sur CNN de la disparition de Margaret O'Sullivan, ex-championne du monde de motocyclisme, première femme à avoir participé au rally Rabat-Tripoli, et de son tout nouvel époux, le sportman d'origine cubaine Ricardo Mora, morts dans des circonstances encore non élucidées ; en effet, si Margaret O'Sullivan avait été abattue d'une balle dans la nuque tandis qu'elle conduisait sa Harley-Davidson, le cadavre carbonisé de Ricardo Mora avait été retrouvé dans un hangar situé dans les environs de Louisville. L'abri en question avait été incendié de façon intentionnelle. Théoriquement, la police était en possession de l'enregistrement provenant d'une caméra sur la route. Celui-ci inculpait un certain jeune d'origine française, bien que d'ascendance brésilienne, Pierre Giscard, qui avait eu une relation avec Margaret O'Sullivan avant qu'elle ne rencontre Ricardo Mora. La police n'avait pas réussi à localiser le Giscard en question, qui depuis la nuit des faits n'était pas retourné dans son appartement. Ricardo Mora était propriétaire d'une Ducati, cadeau de sa femme tuée, or des restes d'une moto similaire avaient également été retrouvés dans le hangar, ainsi que des traces de pneus laissées par une camionnette. Mais ce qui accusait le plus le dénommé Giscard était un plan d'assassinat retrouvé dans le disque dur de son ordinateur portable.

Voilà tout ce que j'ai vu et entendu, tandis que je sirotais un Cuba Libre allongé sur le lit d'un Hilton à Chicago.

Le Boyau

Ça a été son erreur, me dis-je aujourd'hui en me promenant sur les Ramblas, certainement, mais il était comme ça le Russe, surtout quand Yusumí la belle aux yeux verts était dans les parages. Il fallait qu'il se fasse mousser.

— Retournez-y, nous a-t-il dit, et dites-lui qu'Antón Abramovich n'est pas du genre à se répéter trois fois.

Ça a été une erreur, mais comme Yusumí le regardait avec ces pupilles propres à qui n'a rien dans le crâne, qu'elle avait les jambes croisées de telle façon qu'on pouvait voir le début de sa petite culotte, et qu'elle caressait ce chien esquimau qu'il avait ramené de Russie, on ne pouvait pas lui dire : « Écoute le Russe tu fais erreur », parce qu'il t'aurait remplacé à la vitesse de l'éclair. Donc Gros Gris et moi on a bu le fond de cognac dans nos verres, on s'est levés et on est allés voir Arturo Stuart, tout en sachant que c'était une erreur de taille, de celles qui ne se réparent pas facilement. Arturo Stuart avait des relations, et du solide : avec l'église américaine, avec le gouvernement cubain et Dieu sait avec qui encore, et les sacramentaires à Cienfuegos comptaient déjà plus de vingt mille fanatiques. Et puis, Stuart ne craignait personne, c'était un noir d'acier, et même si la première fois il nous a reçu avec courtoisie, il a été clair : « Je ne veux plus vous voir par ici, dites s'il vous plaît à Antón Abramovich qu'il construise sa synagogue s'il le peut, et on avisera par nous-mêmes. » Abramovich n'a pas apprécié que Stuart le traite de juif. « Ce foutu negro », a-t-il dit, et Yusumí était là, alors il a répété : « Retournez voir Stuart, mais allez-y blindés », donc avec Gros Gris nous nous sommes dirigés vers le quartier où habitait toujours Arturo Stuart avec sa femme, son fils cadet Prince et sa seule fille, Johannes, quand elle revenait de l'ISA.

Le Gringo

On est forcé de ne rien laisser au hasard, on n'a pas le choix. Je vivais à Chicago depuis deux ans, quand j'ai entendu une voix de femme s'écrier :

— Ricardo Mora Gutiérrez !

Je venais de descendre de voiture et je me trouvais sur le parking d'une des principales bijouteries de la ville, où j'étais venu acheter une Rolex. Je me retourne, et là je vois Mía. Ce pays a neuf millions de kilomètres carrés et il fallait qu'elle choisisse la même ville que moi.

Sa tenue était assez déprimante, mini-jupe et veste rouge mariées à la couleur criarde de ses bottines ; et tellement maquillée sur la bouche et autour des yeux qu'elle faisait peine à voir.

— Ricardo, a-t-elle répété et elle m'a enlacé, tout le monde à Louisville était persuadé que tu avais fini carbonisé, mais moi je savais qu'il n'en était rien… je savais que tu étais vivant.

— Tu fais le tapin ?

— Oui, qu'est-ce que tu veux, la vie est dure, puis elle a éclaté de rire et en pleurs à la fois. Tu sais quoi ? Je me vends même à soixante dollars de l'heure, moi qui me faisais jusque mille bâtons en une nuit.

Elle n'était plus la petite Chilienne illuminée de l'époque de Louisville. Elle était maigre et pâle désormais, on aurait dit une morte. J'avais pas intérêt à ce qu'on nous voie ensemble, j'étais sur le point de l'esquiver mais c'est alors qu'elle m'a raconté que la police n'avait pas avalé mon histoire, qu'ils avaient interrogé toutes mes connaissances, et qu'elle n'avait rien dit.

— Tu te drogues ? lui ai-je demandé.

— Oui, a-t-elle répondu. De la poudre d'ange.

— Pourquoi t'es pas rentrée au Chili ?

— Personne ne veut de moi à Santiago, j'ai écrit à mon frère aîné, il m'a dit que si je me pointais il me tuait… Ils ont su que je faisais la pute ici, Bérénice leur a écrit.

Bérénice était sa cousine, une petite grosse avec laquelle elle n'avait aucun point commun et qui travaillait comme infirmière.

— Et toi, qu'est-ce que t'as fait ?

— Rien, elle a raison, je suis une pute.

— Paie-moi un café s'il te plaît, a-t-elle ajouté.

Mía s'est mise à pleurer, elle était super déprimée. Je l'ai emmenée chez moi et lui ai donné cinq cents dollars. Elle voulait me payer en nature ; je n'ai pas voulu, mais je lui ai donné un conseil.

— Disparais, quitte Chicago et ne dis à personne que tu m'as vu.

Mais elle n'est pas partie. Deux semaines plus tard, par un jeudi pluvieux, alors que je rentrais chez moi, j'entrevois une silhouette assise sur l'une des marches des escaliers de l'entrée. C'était elle.

C'était le printemps, mais il faisait froid à Chicago ; elle était mouillée, elle sentait le vomi et la sueur des putes au rabais.

— Entre, je lui ai dit, et elle s'est assise sur mon canapé neuf, sans se soucier de ses vêtements humides.

J'aurais préféré ne pas lui faire de mal, vraiment, mais aux USA, il y a trois cents millions d'habitants et quand tu viens d'arriver tu crois que c'est facile de te noyer dans la masse, mais c'est pas le cas, ici tout est sous contrôle et les papiers au nom d'Albert Rodríguez m'avaient coûté une fortune, alors j'étais pas disposé à tout perdre pour une droguée comme Mía, qui allait sûrement parler de moi, si c'était pas maintenant elle le ferait quand elle serait complètement *fly*. Il fallait que je le fasse, je l'aimais bien et elle assurait au lit, mais c'était elle ou moi. Il n'y avait pas d'autre solution.

— Comment as-tu fait pour tomber si bas ? lui ai-je demandé en lui servant un café, et elle m'a raconté qu'après notre séparation, elle avait connu un artiste, un peintre de Soho, un poète comme elle, ils étaient partis ensemble au Pérou, avaient gravi le Machu Picchu, mais ensuite le peintre était devenu fou.

Elle ne m'a pas donné plus de détails, elle a seulement ajouté que le type lui avait volé plus de dix mille dollars en bijoux et avait acheté un tableau en prétendant qu'il s'agissait des *Tournesols* de Van Gogh.

— Tu as parlé de moi à quelqu'un ? je lui ai demandé.

— Bien sûr que non, Ricardo, a-t-elle dit. En plus, ici, à Chicago, je n'ai que toi ; je sais pas pourquoi mais en ce moment les clients me fuient, moi qui prenais mille dollars la nuit.

— Je t'avais pourtant dit de quitter la ville, non ?

— Oui mais où voulais-tu que j'aille, Ricardo, avec tes misérables cinq cents dollars ?

— Ne m'appelle plus Ricardo, appelle-moi Mauricio.

— D'accord, tu t'appelleras Mauricio, a-t-elle dit. Tu l'as tuée n'est-ce pas… ? La sorcière, je veux dire.

— Non, j'ai dit. Je veux pas d'ennuis, c'est tout.

— T'as rien à craindre venant de moi.

— Bien sûr que non, toi t'es ma petite princesse araucane.

J'ai quitté mon fauteuil et me suis assis sur le canapé à côté d'elle. Je lui ai d'abord pris la main droite et l'ai portée à mes lèvres, ensuite je lui ai caressé les joues ; elle s'est hérissée tout entière comme une petite chatte, alors je suis passé au cou et je l'ai serré jusqu'à ce qu'elle meure, en émettant à peine un gémissement. Je l'ai enterrée dans le jardin. J'étais sûr que personne ne l'avait vue. Ma rue était très silencieuse. Cependant, j'ai su plus tard qu'il y avait eu un témoin : une vieille Américaine m'avait vu entrer avec une femme très mince, puis enterrer un très grand paquet dans mon jardin, mais elle n'a rien dit, elle voulait pas s'attirer d'ennuis, je crois.

J'ai déménagé à Portland.

Mariano Mesa Guillot, ex-directeur du collège Rafael Espinosa

C'est l'autre qui était intelligent, le cadet, Prince, alors j'ai pas été étonné quand il a remporté le prix de poésie Pinos Nuevos à dix-sept ans seulement ; un jour on l'a vu avec ma femme à la télévision s'asseoir en face de la présentatrice Raquel Mayedo, répondant à ses questions comme un acteur de cinéma. Il était beaucoup plus grand, au moins un mètre quatre-vingt-quatre, mais il avait toujours sa gueule d'ange et semblait même moins nerveux que la présentatrice, comme s'il était né pour être filmé et qu'il le savait. Il a lu un de ses poèmes qui abordait le seul thème l'ayant jamais intéressé : la mort. Sa voix a retenti, claire et virile. La voix d'un prédicateur de mensonges. La voix de quelqu'un d'aussi faux qu'une pièce en bois. « Il est mauvais, j'ai dit à ma femme, il va beaucoup faire parler de lui, mais il est mauvais. » C'est pas que je veux jouer les grands oracles mais ça se voyait, et je l'ai dit sans savoir à quel point il pouvait être réellement mauvais. Je suis certain que l'autre gars n'a été qu'une simple victime de la situation. Avoir une maladie si terrible étant si jeune a de quoi faire perdre la boule à n'importe qui.

Enfin, qui suis-je pour juger qui que ce soit ? Je ne suis qu'un vieux un peu fou qui a passé sa vie à essayer d'instruire la jeunesse, sans y parvenir. Ce qui est sûr, c'est que quand on me parle de ça, de l'homme nouveau, j'ai envie de hurler. L'effort d'autres pédagogues et le mien ont été énormes, mais presque tous ont mal fini. Même les bons éléments ne s'en sont pas sortis comme on l'espérait. Si quelqu'un me pose la question, je dirai : « La génération de la Cathédrale des noirs. » Il n'y a qu'à voir Berta, une jeune femme très douée pour les lettres qui a réalisé son rêve de devenir écrivaine, et quoi ? Elle a abandonné sa ville. Elle vit à La Havane, et dans ses romans sa condition de native de Punta Gotica, le quartier le plus pauvre de Cienfuegos, n'a que peu de poids. Quant à Yohandris, il vit à Barcelone, évidemment, celui-là n'était bon qu'à faire des têtes avec le ballon dans les tournois de football intermunicipaux, mais au final il s'est avéré être le meilleur d'entre eux puisqu'il n'a pas fini en prison et aide économiquement son vieux père. Il lui envoie de tout mais depuis là-bas, il ne vient pas à Cuba. Johannes, la seule personne saine d'esprit chez les Stuart, est célèbre aujourd'hui, elle apparaît même dans les livres d'art contemporain, et d'après la presse à scandale elle vient de s'acheter une petite île en Méditerranée. De toute façon je suis sûr qu'elle va mal finir. Toute cette famille était destinée à mal finir. Ils sont maudits, j'aime pas employer ce mot parce que je suis matérialiste et que je ne crois même pas en la mère qui m'a mis au monde, mais c'est vrai, ces gens sont maudits. Le Gringo, je préférerais ne pas en parler, mais enfin, ils lui ont injecté la solution létale. Une belle fin pour un assassin de cette envergure, mais moi je l'ai connu, j'ai été son maître d'école et je me le rappelle encore. Je me rappelle son sourire et comme il aimait les mathématiques, comme il chantait les chansons patriotiques lors des activités scolaires, comme il était respectueux et comme elle s'inquiétait pour lui, sa mère, la défunte Clara. Tout ça pour s'associer ensuite avec Salvador le Porc et finir par vendre de la viande de mort à tout Punta Gorda, taillant une telle réputation de cannibales à notre quartier qu'après toutes ces années, quand on dit : « Je suis de Punta Gotica », ils te regardent encore de travers et s'ils en ont le courage ils se gênent pas pour te sortir : « Ah, le quartier des cannibales ? » Quant à Nacho les Babouines, celui-là, il a passé sa vie en prison. Il a sa réputation, comme il dit, et quand il sortira... Car il est sur le point de sortir, il a déjà fait vingt-cinq ans, il est en prison depuis l'adolescence. Bárbaro, mon neveu, c'est une cause perdue, non pas parce qu'il est homosexuel mais parce qu'il se promène habillé en femme à quarante-cinq ans, et pour un oui ou pour un non il tape un scandale de tous les diables : et dire que gamin, on ne l'entendait pas. Il s'est passé quelque chose avec cette génération, je ne sais pas.

Tous ces efforts pour les instruire valaient-ils la peine ? ai-je pensé cet après-midi-là quand Samuel Prince est passé à la télé avec son livre fraîchement publié à La Havane entre les mains. J'ai cru un instant qu'il allait me citer : j'ai été le directeur de son école dans ses premières années de formation en tant que poète. Sans moi, les maîtres ne l'auraient pas autorisé à fréquenter la bibliothèque provinciale où il allait lire pendant les heures de classe, mais il ne m'a pas mentionné. En revanche, quand on l'a interrogé sur ses influences, au milieu d'Ezra Pound, T.S. Elliot, Lezama, Rimbaud et Valéry, il a nommé un certain Pablo, c'était son parrain dans le Palo. Ce grand noir aux cent colliers juste bon à dispenser le mal.

Le Gringo

J'aurais pas dû retourner au Texas. Mais un jour de ceux où à Portland tu peux pas rester dehors, même avec trois couches sur le dos, et si tu sors c'est pour racler la neige et dégager la porte d'entrée, Lucy m'a dit : « Allons à Dallas, il y a une foire de pièces automobiles de tout le pays et de ce foutu Mexique, on dégote des merveilles là-bas. »

De toutes les femmes que j'ai connues dans ce pays, y compris Nadine l'Indienne terroriste, Lucy a été ma préférée, même si cette belle connasse, après qu'elle a su pour moi, n'a pas cherché plus loin et a divorcé par l'intermédiaire de ses avocats. Elle ne s'est jamais manifestée pour prendre ma défense, mais je dois reconnaître qu'elle avait un truc, elle était métisse, petite, menue, avec une bonne paire de fesses et n'avait pas l'air d'une Américaine. Elle sautillait en permanence dans tous les sens comme si elle avait des ressorts à la place des os. Parfois, elle s'inquiétait de savoir d'où je sortais mon argent ; à un moment donné, alors qu'on était encore au lit après avoir niqué, j'ai dû lui raconter que j'étais agent secret et que si je le lui disais c'était parce que j'avais confiance en elle, mais qu'elle ne devait livrer cette information à personne.

— Un peu comme James Bond, a-t-elle dit, et elle m'a serré fort dans ses bras parce que même avec le chauffage allumé, elle avait toujours froid et envie de baiser.

Elle baisait plus que les Cubaines, c'était une vraie cochonne au lit. Elle apprenait un par un et sans exception, tous les trucs pervers qu'elle lisait dans ces magazines où on trouve de tout avant de les mettre en pratique avec moi. « Fais-moi ci », elle disait, puis « fais-moi ça ». Moi j'adorais la satisfaire, et je me disais que puisque Johannes ne serait jamais mienne, Lucy n'était pas la pire option, je ne m'étais pas marié avec elle pour lui piquer son fric mais par besoin d'être avec quelqu'un qui ait un air de là-bas, de Cuba. Fille d'un médecin d'origine jamaïcaine qui avait combattu dans la guerre du Viêt Nam comme cet enfoiré de Colin Powell, et d'une Grecque beaucoup plus jeune que lui, elle était ce qui s'approchait le plus d'une petite métisse quelconque, de celles qui traînent à Cienfuegos dans l'espoir de se faire mettre. Le vieux Jamaïcain m'était sympathique, c'était un joueur de basket passable, et bien que religieux, évangélique, il gobait pas autant de merde que les chrétiens de Cuba qui passent leur temps à dire des conneries et croient connaître la volonté divine. Je suis sûr que c'est pas le cas, parce qu'alors Dieu doit être bien con. Si je l'avais su moi, sa volonté, je serais plutôt parti me promener à New York, et on n'aurait pas fait ce qu'on a fait Lucy et moi, à savoir remplir le coffre de la camionnette Ford et conduire jusqu'au Texas, sans se douter que là, dans ce putain d'État de cow-boys, d'Indiens et de Mexicains, l'agent du FBI Robert Smith était à ma recherche, un de ces types fanas de la résolution des affaires mises au congélateur. Il me cherchait pour les histoires d'Elsa et de Margaret, il avait des hommes sous ses ordres qui enquêtaient à Dallas, Houston, Austin, San Antonio, Waco et en plein Kentucky. En plus, il avait aussi mis sur Internet une photo où on nous voyait, les enfants d'Elsa et moi, très heureux debout devant la clôture du ranch Blue Bird. Si j'avais obéi à mon instinct, pour rien au monde je serais retourné au Texas.

On avait prévu une semaine de voyage, après tout, on avait de l'argent. J'avais sur moi vingt-quatre mille dollars en liquide, et le généreux père de Lucy, par ailleurs convaincu de l'inanité de sa fille, lui avait prêté l'une de ses Mastercard aux contours dorés.

Le trajet s'est bien passé, nous avons profité des chaînes de petits hôtels pour jeunes mariés dont regorge ce pays et nous avons baisé comme des fous. Évidemment, nous étions drogués en permanence mais personne ne le remarquait : Lucy possède un diplôme d'un bon *college*, et malgré tout le mal qu'elle se donnait, elle n'arrivait pas à parler comme une noire authentiquement *crazy*. Elle parlait comme une de ces universitaires convaincues de leur bon droit, et cette arrogance me dérangeait parfois. Mais quand nous vivions en harmonie, il était supportable voire flatteur que ma femme en sache autant sur les livres, l'art et tant d'autres choses qui ne lui servaient à rien, parce que même pour cuire un œuf correctement elle avait besoin de mon aide. Cette histoire de livres était le seul truc qui m'allait, rapport au *college* de Lucy. Je résistais pas à regarder la télévision américaine, quant à la latino, elle a une sacrée tendance à déblatérer de la merde. Parfois j'avais l'impression que le Carlitos Otero, là, et la blonde avec sa tête d'enterrement qui présentait l'émission *Caso Cerrado*, avaient laissé leur cerveau à Cuba, c'est pour ça que je lisais sans arrêt, obsédé par les bouquins, même ceux écrits en anglais. Lucy m'a beaucoup aidé à comprendre où résidait le secret de la narration. Parfois j'me dis que moi, c'est le temps qui m'a manqué, s'ils m'avaient pas chopé si vite j'me serais amélioré, j'aurais cessé d'être le Gringo, Satan ou le « prédateur diabolique » comme m'a surnommé un journal de Miami, et aujourd'hui je serais vraiment Albert Rodríguez, un citoyen exemplaire, écrivain de son état, c'était ça mon rêve : me mettre un jour à écrire, à inventer des histoires faites avec plus de chair et d'os qu'un tas d'autres où on apprend rien de la vie. J'aurais aussi pu être chanteur. C'est ce que me disait Lucy en voiture. On appuyait sur le champignon de ma camionnette Ford toute neuve. On roulait à cent mille à l'heure tandis que j'chantais une chanson de Joaquín Sabina, ce type qui plaisait tant à Berta. Je me souviens, je l'écoutais tout le temps.

— Tu voulais faire le touriste au bord du précipice, je chantais.

— Traduis-moi, implorait Lucy, et regarde la route sinon on va se tuer.

Mais les routes de ce putain de pays sont sensationnelles, pas comme celles de Cuba, pleines de trous. Je pensais aux gens du quartier et à Berta. Si je l'avais épousée j'aurais pas eu la même vie, si seulement cette Johannes avait pas débarqué pour flinguer ma vie. « *You do sing very well, honey* », disait Lucy tout à coup, alors moi je souriais aux anges, et de temps en temps, s'il n'y avait aucun policier en vue, on ouvrait le coffre et on buvait de la bière, allemande ou hollandaise, comme il se doit. Bref, je roulais heureux à cent mille à l'heure sur une route lisse comme une mer calme sans me douter qu'à Houston, Texas, se trouvait un agent fédéral d'origine indienne, sioux pour être précis, qui enquêtait sur moi, faisait des rapprochements, trouvait des pistes, convaincu que quelque chose clochait chez le veuf cubain de la défunte Elsa Pound.

Mon arrestation s'est faite tout simplement. Arrivés au Texas, près d'un petit bled appelé Dahart, on s'est arrêtés à une station-service pour faire le plein, et pendant que Lucy était aux toilettes, je suis sorti pour me dégourdir les jambes. C'est alors que deux policiers se sont approchés et m'ont demandé mes papiers. On se serait cru à Cuba, où souvent, à la vue d'un noir, un policier lui tombe dessus en sortant ses griffes : « Vos papiers. »

Comme j'ai pas une tête d'immigré, que mes vêtements sont de top qualité, et que ma camionnette toute neuve affiche confort et position sociale, je comprends qu'il se passe un truc tragique.

— *What is wrong, officers ?* j'demande, en essayant de donner à mes paroles cette texture liquide, sans consonnes, que j'ai apprise à force de côtoyer des Américaines de la haute, et qui est sans équivoque signe de distinction et de bonne maîtrise de l'anglais.

Ça ne m'a servi à rien.

— Vos papiers, ont exigé les policiers.

L'un d'eux était un chicano de taille moyenne, l'autre un grand roux costaud. Ils tenaient leurs mains tout près de leurs armes. En plus j'étais un peu drogué et imbibé, mes gestes devaient être plus lents, me rendant incapable d'agir avec la rapidité nécessaire. Tout ça m'a traversé le cerveau tandis que je me penchais et cherchais dans la boîte à gants mon permis de conduire au nom d'Albert Rodríguez.

Le soir commençait à tomber, l'un d'eux a examiné mes papiers pendant que l'autre ne me lâchait pas des yeux, puis le Mexicain a dit :

— Vous allez devoir nous suivre, mister Albert.

Lucy était désespérée de les voir me menotter. Elle pensait qu'ils m'arrêtaient pour consommation de stupéfiants et elle a affirmé avoir des contacts à Chicago, qu'elle était l'amie de l'épouse du candidat démocrate à la présidence, Barack Obama, et que s'ils me libéraient pas sur-le-champ ça ferait un scandale terrible… « Vous en paierez les conséquences. »

— On est en train de vous sauver la vie, madame ou mademoiselle, a dit le policier chicano en espagnol, en prenant Lucy pour une latino de plus, et elle a compris que dalle.

— *Don't you worry, my love*, j'ai dit, naïf, pensant que tout allait s'arranger, puisque les morts de mon parrain et la mienne de morte, sauraient me sortir de ce pétrin.

Mais quand je suis arrivé à Houston, l'agent du FBI Robert Smith m'attendait. Evelyn, la fille d'Elsa Pound, était avec lui.

Elle m'a reconnu tout de suite, évidemment, bien que j'ai feint de la voir pour la première fois.

Le Boyau

Il était pas chez lui. Il était déjà six heures du soir, et Prince nous a dit qu'il devait encore être au temple. Moi je l'aurais attendu mais Gros Gris m'a dit : « Allons le chercher », j'ai répondu : « Allons-y », et nous sommes partis.

Le Gringo

Me suis-je transformé en colibri ou suis-je encore là à attendre que ces gens à qui j'ai fait tant de mal me voient mourir ? En tout cas, quand la solution létale remplira mes veines, je m'en irai à Cienfuegos, j'arriverai par la baie, je laisserai derrière moi le quartier de Punta Gorda, le port, le parc Martí, et je retournerai là où je suis né, à Punta Gotica, pour y naître à nouveau. Je renaîtrai et tâcherai de ne pas être mauvais. Je commencerai par être un autre. Je commencerai par demander pardon, d'abord à Elsa, puis à Margaret et pour finir à Mía : trois femmes qui m'ont accueilli dans ce froid pays et que j'ai assassinées. Je demanderai également pardon à Aramís, au deuxième péquin dont je n'ai jamais su le prénom, et à Amarilis. Peut-être faut-il que je remonte plus loin encore et demande pardon à ma mère pour la douleur d'être né de son ventre. Et même à Dieu de ne pas l'avoir laissé me faire naître oiseau, insecte ou pierre insensible. Leur demander pardon à tous, à ce gros de Billy Holden qui sèche ses larmes, veillant à ce que personne ne voie qu'il est en train de pleurer pour moi, Satan, l'assassin de ses dames.

Ibrahim

J'ai vu arriver ces deux émissaires du Léviathan sur Terre, ces deux archidémons qui s'y croyaient simplement parce qu'ils étaient armés. Le métis marchait devant, le gros suivait semblable à un cachalot. Ils venaient interrompre l'œuvre du Seigneur. Ils étaient incapables d'entrevoir la cohorte d'anges autour de nous. Naïfs. Ils sont arrivés et se sont adressés au frère Arturo, alors ce dernier a levé son marteau et l'a abattu sur la tête du gros, qui a perdu connaissance, puis, regardant le métis droit dans les yeux, il lui a dit :

— Ramasse ton copain et pars, au nom du Seigneur.

— Amen, avons-nous tous prononcé.

Le métis, un jeune au prénom imprononçable, que tous dans le quartier surnommaient le Boyau, s'est penché sur le gros et a dit que malheureusement les choses n'allaient pas en rester là, que le Russe prendrait bien entendu les mesures nécessaires. Nous avons tous éclaté de rire. Nous savions qui était le Russe, un être plus nuisible qu'une morsure de truie, mais nous ne le craignions pas, nous étions les sacramentaires, les détenteurs du manteau du Christ. Alors qui pouvait nous vaincre ? Personne sauf Dieu.

Le Boyau

— Je vous avais pourtant dit que je ne voulais plus vous voir par ici ! nous a-t-il dit avant même qu'on ouvre la bouche, et il s'est remis à fendre avec sa petite masse un carreau de faïence, l'adaptant aux dimensions requises.

— Excusez-nous, Arturo, j'ai commencé, mais le Russe dit…

— Le Russe, Dieu et moi on l'encule, c'est compris ?

— Arrêtez vos enculades, enculé de vieux fou, enculé de singe noir, moi votre Dieu je me torche le cul avec, bordel ! a dit Gros Gris.

Le vieux l'a laissé finir. Il l'a laissé gesticuler et s'approcher jusqu'à le repousser du bout du ventre, et l'espace d'un instant on l'a vu rapetisser, comme s'il avait pris peur devant les trois cents livres et le mètre quatre-vingts du gros, c'est alors qu'il a souri :

— Toi, t'es trop gros pour Dieu comme pour moi, et il a fait très vite avec son marteau, si vite que j'en reviens toujours pas, franchement si j'avais du temps, j'enquêterais sur les activités qui occupaient cet Arturo Stuart à l'époque où il habitait Camagüey.

Franchement, j'l'aurais fait, mais je vais pas quitter Barcelone pour aller jusqu'à Cubita la bella me renseigner sur les mœurs d'un défunt. J'ai vu tomber Gros Gris comme une tour qui s'effondre, et soudainement, y avait plus de mille sacramentaires autour de nous, les bras en l'air en train de chanter alléluia, c'étaient des gens qui avaient toujours vécu dans le quartier, mais maintenant ils n'avaient plus peur du Russe, et de moi encore moins. *Il faut partir d'ici*, je me suis dit, et il se trouve que j'avais déjà une petite amie catalane, en plus de ça photographe, qui aimait beaucoup me prendre en photo et exigeait seulement :

— Rase-toi le crâne, mon Yohandris.

— Pour avoir l'air d'un pauvre tube de déodorant tout noir ? je lui demandais.

Alors elle recommençait : « Laisse-toi pousser des dreadlocks », et je répondais : « Hors de question, j'suis pas un foutu rasta », mais je lui précisais pas que pour mon travail avec le Russe, il fallait que j'aie l'air le plus normal et le plus élégant possible.

TROISIÈME PARTIE

Nacho les Babouines

J'étais en prison depuis dix ans déjà quand le Russe m'a fait savoir qu'un jeune gars allait arriver au Requin, le QHS, le quartier de haute sécurité, et que j'avais qu'à en prendre soin pour me garantir une place au soleil à ma sortie. « C'est qui ? » j'ai demandé au mouchard, et en entendant son nom je me suis souvenu du Grillon, des coups de tête donnés ensemble dans les ballons de foot qu'on allait chourer à Punta Gorda. Ouais, je m'en suis souvenu, et aussi de le Boyau, quand on allait mater la petite sœur de Grillon, Johannes, et sa mère qui était pas mal non plus. Ça m'a fait mal de me souvenir de mon pote le Boyau. Il était parti en Espagne sans me dire au revoir, là-bas vers les Europes, autant dire le trou du cul du monde. Ouais, je m'en suis souvenu, et même si j'm'en battais les couilles du Russe, en définitive ici au Requin j'avais deux fois plus de poids qu'il n'en avait dans la rue, je lui ai fait passer le message : « Ça marche, il lui arrivera rien à ton petit enculeur de yanquis et de blanchettes, t'inquiète… je sais qu'il est en taule par ta faute. » *Qu'il est con*, j'ai pensé, parce que si y'en a bien un qui tient pas parole, c'est moi. Je connais par cœur le numéro de la carte d'identité du président de Cuba, alors pour me faire peur faut se lever de bonne heure. « Qu'il vienne, je lui ai fait dire, personne s'en prendra à lui vu que c'était mon copain d'enfance, mais pour que ça le fasse, il doit jouer le jeu et obéir, c'est clair ? »

— Oui Nacho, a dit le mouchard.

— Oui, Nacho qui ? j'ai répondu.

— Oui Nacho les Babouines, a-t-il dit en fixant mes lèvres avec méfiance, comme s'il craignait que je l'embrasse.

Moi on me doit le respect.

Il est arrivé le lendemain. On aurait dit un joueur brésilien du Real Madrid. Sa petite amie européenne lui avait fourni de la très bonne came. Il avait le sourire jusqu'aux oreilles, était très grand et assez costaud, un *bodybuilder* habitué à manger de la viande tous les jours et à défoncer des chattes quand l'envie lui en prenait, il n'avait pas l'air de se rendre compte qu'ici il était obligé de se soumettre à ma loi : sans moi il n'était rien. Il croyait qu'on lui devait le respect. Il se moquait de la Porcasse, pédé et tout ce que tu veux, un dur qui avait été le poto du Gringo, et franchement le Gringo c'est la seule personne que j'ai respectée et que je respecte encore. Pas pour les morts à son actif, parce qu'au final j'ai buté plus de types que lui, mais pour la façon qu'il avait de te regarder.

Si le Gringo avait été là, sûr qu'on aurait eu des accrocs et qu'on serait entrés dans l'histoire, on aurait laissé notre empreinte dans ce cachot pour l'éternité.

Ce Grillon n'était qu'une marionnette du Russe. Un type capable d'être à la solde d'un autre, ça me plaisait pas.

Quand il m'a dit :

— Je vais me faire injecter le sida pour qu'on écourte ma peine, me sortir de là et prouver aux mecs que j'ai des couilles.

Je lui ai répondu :

— Vas-y, fonce, t'as rien à perdre.

Je pensais pas qu'il était fou à ce point.

Ici, y en a pour tous les goûts, y a ceux qui s'injectent du pétrole dans une main pour que leur bras se gangrène et qu'ils puissent passer des vacances à l'hôpital. Les sidaïques vendent des aiguilles contaminées, mais seuls les lâches et ceux qui ont soif de vengeance les achètent.

Ce mecton, le Grillon, n'avait rien d'un lâche. Il avait une minette aux Europes et était un protégé du Russe. Sans compter qu'il en avait pris pour douze ans, et douze ans ça passe vite ; et puis, c'était sûr qu'on lui réduirait sa peine. Il savait se défendre. Il avait un bon coup de poing qui en imposait. Un jour j'ai poussé la Porcasse à mettre le Grillon à l'épreuve, pour voir s'il en avait dans le ventre ou si c'était un rat d'égout.

— Porcasse, je lui ai dit, si tu laisses encore le Grillon te rabaisser t'auras affaire à moi, même si t'as été le poto du Gringo, t'es prévenu…

À l'heure de la toilette, dès que le Grillon est entré dans les douches, la Porcasse s'est jetée sur lui avec une fourchette aiguisée.

— Pauvre mec !

— Attention Grillon, a crié quelqu'un.

Il a vite réagi.

Il a suffi d'un seul coup de poing pour qu'il faille lui arroser le visage et les pieds avec de l'eau à la Porcasse. Il aurait pu la tuer s'il l'avait voulu. Il s'est contenté de lui pisser à la gueule. Évidemment, la Porcasse au fond c'est personne, pas même une mauviette, alors maintenant que le Gringo est mort, si la Porcasse était plus jeune je l'aurais forcé à me sucer la bite, mais cette raclée a fait sensation. La Porcasse pesait bien cent trente kilos et c'était pas que de la graisse.

Selon moi, le Grillon était *crazy*, et Yusimí, qu'ils se partageaient avec le Russe, lui manquait tellement, même si l'Européenne soudoyait les gardiens pour venir le voir dans tous les bâtiments, il a pas supporté et un jour il s'est dit : « Il faut que je sorte de là. » Le truc qui te tue un homme à petit feu, qui l'assèche de l'intérieur, lui mine le moral et le transforme en zombie. « Il faut que je sorte de là », il s'est dit, et le seul moyen qu'il a entrevu ça a été celui-là, quel naïf, quel idiot. Il n'a pas pensé qu'avec le sida, Yusimí ne voudrait pas le voir même en peinture. Je la connais la Yusimí. Je l'ai vue toute nue sur des photos et je comprends pas ce qu'ils lui trouvent. C'est juste une noire aux yeux clairs, très bien foutue d'accord, mais maigrichonne. Cette Yusimí c'est le diable en personne. Il y a plus de gens en prison à cause d'elle que pour avoir dépouillé des touristes. À commencer par la Porcasse, qui a perdu son fric à essayer de se la faire et a fini le bec dans l'eau, du délire. Si un jour je me retrouve dehors – façon de parler parce qu'à moi ils me donnent pas de permissions, ils me considèrent comme une sorte de pensionnaire permanent de la prison –, j'irai dans le boui-boui du Russe voir quelle genre de femme c'est. J'irai aussi à la Cathédrale des noirs.

Simon Roger Dueñas, prisonnier

Je suis l'exemple même de ce qu'il faut pas faire dans la vie : rêver, voilà pourquoi ils m'ont liquidé, parce que je suis pas une machine à sous comme tous ces égoïstes pour qui il y a rien d'autre qui compte, au contraire, j'ai toujours voulu partager, être un mousquetaire, un d'Artagnan des Caraïbes. Dès la primaire, j'étais comme ça. Je donnais tout, du goûter aux crayons et aux cahiers, tout, et ils m'utilisaient. Mes camarades se servaient de moi, éternel petit et maigre, pour que je me faufile par la fenêtre du bureau de la direction et vole des copies ou des bulletins. Ils m'utilisaient. L'autre truc c'est que j'ai toujours eu des facilités en danse, dommage que j'aie été très efféminé, trop au goût des professeurs des écoles d'art qui, tout pédés qu'ils fussent, ne m'acceptaient pas, à l'époque ils disaient que je manquais de virilité ; donc comme j'ai pas pu être danseur de ballet contemporain j'ai voulu être chorégraphe, mais je n'avais aucune mémoire, et pour ce métier c'est effrayant ce qu'il faut comme mémoire, j'étais à côté de la plaque aux épreuves de chorégraphie, alors je suis allé travailler comme figurant dans un spectacle de travestis, j'avais pas d'autre issue, dans ce show on m'appelait Édith Piaf, non pas que j'aie une quelconque ressemblance avec la diva française, elle était moche comme un pou, mais parce que j'ai toujours l'air triste, même quand je souris, à cause de mon père qui est mort d'un cancer quand j'étais enfant. C'est dans ce cabaret, le Costa Sur, que j'ai touché le fond, t'imagines pas comme les étrangers raffolent des travestis ! Alors de moi n'en parlons pas, épris comme j'étais des bonnes manières, d'Histoire, car c'est ma véritable passion l'Histoire, surtout médiévale et européenne... Avant même qu'ils aient commencé à me déshabiller, je me mettais à leur parler d'Otton le Grand, de Pépin le Bref et Knut le Grand, le conquérant danois des îles britanniques. Ils m'écoutaient bouche bée. C'est l'un d'eux qui m'a refilé le sida, un Autrichien pour être précis, comme Hitler, depuis je peux plus les voir les Teutons, pourvu qu'ils perdent tous les Mondiaux de foot possibles et imaginables. Évidemment, tout bien réfléchi, c'était de ma faute, j'aurais dû lui dire de mettre un préservatif, c'est le b.a.-ba du trottoir. Mais j'ai toujours eu un faible pour les blondinets, et avec ses cheveux jaune brillant et ses yeux bleus, celui-là m'a fasciné au premier regard. *Il ressemble à Tristan*, j'ai pensé quand je l'ai vu descendre de sa Nissan, s'approcher et me saluer dans un espagnol correct, avant de me demander si je voulais bien aller faire un tour.

— Bien sûr, je lui ai dit en me pendant à son bras.

On a passé ensemble six mois merveilleux, il m'a emmené à Soroa, dans la vallée de Viñales, à Baracoa. À vrai dire, je n'avais jamais mis les pieds là-bas. Il était très jaloux et a tenu à ce que j'arrête les shows, et quand il partait en Autriche il embauchait une domestique pour m'aider et me surveiller au passage, il me rapportait des vêtements des meilleures marques, de la lingerie fine et des robes chics. Pas comme ces fringues de merde que portent les putes. Il me ramenait aussi des livres d'Histoire, oh là là, des monographies sur Frédéric Barberousse, sur Thomas d'Aquin, Giotto, Paracelse. Tout ça, les livres comme les vêtements, j'ai dû les vendre après, parce que je me suis retrouvé à sec quand il a commencé à changer. Il est devenu menteur, comme tous les hommes. Quand il me disait un truc, je finissais par découvrir que c'était autre chose, et ainsi de suite.

Pour finir, il m'a quitté. Il m'a refilé le sida et m'a brisé le cœur. Je suis en prison à cause de lui : quand j'ai su qu'il avait quelqu'un d'autre à Punta Gorda, une de ces pétasses qui s'y croient juste parce que leur père a fait médecine, je suis allé la voir et je lui ai tapé un scandale, j'ai sorti un couteau et j'ai eu la main un peu trop lourde, je l'ai blessée à la joue. C'était rien, juste une égratignure de rien du tout, malgré ça ils m'ont envoyé ici, à Ariza. C'est quand ils m'ont fait les analyses que j'ai su que j'étais contaminé, j'ai passé trois mois à l'infirmerie et ils m'auraient relâché mais j'ai aggravé mon cas ; l'efféminé dans le lit à côté de moi, à qui j'avais raconté mes amours avec l'Autrichien, s'est avéré être très taquin. Quand j'ai eu fini mon récit, il m'a dit que je n'étais qu'une pute pathétique et que tout ça était qu'un mensonge, que j'étais bien trop moche et trop maigre pour plaire à qui que ce soit. « Tais-toi », j'ai prévenu. Mais il a continué, encore et encore. L'infirmière avait oublié une paire de ciseaux sur le chariot métallique, et j'ai de nouveau eu la main un peu trop lourde. J'ai pris les ciseaux et les ai enfoncés dans la gorge de ce pédé. J'avoue que je me suis mal comporté avec lui, je l'ai regardé agoniser sans rien faire. Il susurrait : « Aide-moi, Édith, aide-moi », mais j'étais furieux, si furieux que j'ai même pas retiré les ciseaux, et quand l'infirmière est venue, la folle avait déjà rendu l'âme. J'en ai pris pour vingt ans, et me voilà aujourd'hui, chef de la prison des sidaïques homosexuels. Ici, rien ne se fait sans mon accord, donc quand le dénommé David King, plus connu comme le Grillon, a voulu se procurer une seringue contaminée, c'est moi qu'il est venu trouver. J'étais assis dans la salle commune, devant la télévision. Ils passaient une émission éducative sur la croisade du roi Saint Louis qui n'intéressait personne, il n'y avait que moi et un autre prisonnier.

Je le vois encore, ce type immense, un géant, portant un parfum cher, de ceux qu'on trouve rarement à Cuba, et des baskets Adidas à plus de cent dollars pour lesquelles les minets seraient prêts à tuer. On aurait dit un athlète plutôt qu'un détenu.

— Édith, il faut que je te parle.

— Dis-moi.

— J'ai besoin de matos.

— Pour ?

— Comment ça « pour » ?

— Laisse-moi t'expliquer deux-trois trucs sur le sida, mon poussin, il y a plusieurs souches du VIH, les plus fortes qui sont très dangereuses, et les autres plus faibles, du genre petit rhume, celles-là sont idéales si tu souhaites vivre longtemps mais plus difficiles à repérer. Il peut se passer des mois avant que le laboratoire détecte que tu es malade. Ce que tu veux c'est du matos pour piquer un mec et te venger, ou pour te piquer toi-même et passer des vacances à l'infirmerie ?

— La deuxième option.

— Ok, alors il te faut une souche comme la mienne, assez sévère mais qui se détecte rapidement, et si tu prends bien tes médicaments c'est comme une maladie chronique, un diabète ou ce genre de trucs… C'est cinquante dollars et dix boîtes de cigares.

— Entendu. Quand ?

— Demain dans l'après-midi, mais faudra pas le regretter ensuite.

— Je le regretterai pas, a-t-il dit, debout à côté de moi.

— C'est quoi ton parfum ? je lui ai demandé au moment où il partait.

— Chanel N°5.

Berta

Du passage des Stuart par Cienfuegos, ne restent que les ruines de la cathédrale, quelques œuvres de jeunesse de Johannes et les poèmes de Prince. La mère est rentrée à Camagüey, je crois. Elle était l'innocente dans l'histoire, celle qui a tout perdu. Il y a quelque temps j'ai failli aller voir Prince à l'hôpital psychiatrique. J'ai appelé avant.

— On n'est pas seulement un hôpital, mais une prison… Ce patient est un dangereux assassin, madame, m'a précisé la personne qui a répondu au téléphone, avant de se présenter comme étant la doctoresse Ania Teresa Pereira.

J'ai été sur le point de lui demander si Prince avait beaucoup changé, s'il était toujours aussi beau, mais je ne l'ai pas fait. Je me suis contenté de la remercier et j'ai raccroché. Schizophrénie hébéphrénique, c'était le nom de la maladie de Prince. Je le sais pour l'avoir lu dans une revue de psychiatrie en ligne publiée par l'université de La Havane, bref : Prince est fou.

Et moi, qui parle avec des fantômes et rêve encore à trente-cinq ans de rencontrer l'homme ou la femme de ma vie, suis-je folle aussi ? Je ne sais pas. Prince croyait qu'en sacrifiant ses parents, il allait pouvoir sauver son frère, David King, de la maladie et de la mort, et il a agi en conséquence. Je ne sais pas pourquoi il a fait ça. Aimait-il autant son frère ou bien haïssait-il Arturo Stuart et sa femme au point de s'en servir comme prétexte ? Je ne sais pas, et je doute fortement que je parviendrai à avoir la réponse un jour, d'autant que maintenant le Grillon est mort et qu'il ne reste que Prince enfermé à vie dans une clinique psychiatrique. Mais après tout, les raisons de chacun importent-elles vraiment ? Est-il si important de savoir pourquoi nous sommes aussi mauvais, sans pitié et sans scrupules ? Je n'en sais rien, je n'ai pas la réponse à cette question.

Au moment des faits, Prince venait de publier son premier livre, et dans le journal est parue une chronique où le journaliste, féru de rhétorique, l'appelait le prince de la poésie cienfuégienne et cubaine. Je me souviens d'une réception en son honneur à l'Union des Écrivains et Artistes. Il portait un élégant costume couleur crème, et jamais avant cette soirée je ne lui avais trouvé autant de ressemblance avec Michael Jackson avant qu'il se fasse blanchir la peau. À ce banquet, j'avais été invitée à la dernière minute. Araceli et moi n'étions déjà plus ensemble, c'est pourquoi j'ai appelé Marcial, le narrateur, qui a accepté de m'accompagner. Au bout d'une demi-heure, Araceli est arrivée, tout de blanc vêtue, avec un Argentin étudiant en médecine. Nous nous sommes fusillées du regard, mais nous nous regardions malgré tout, et nous nous sommes regardées encore lorsque Prince a commencé à lire, car il ne faisait aucun doute que le poème parlait de nous deux, c'était si émouvant qu'en le racontant, j'ai les larmes aux yeux.

— Oublie-la, m'a dit Marcial, et je l'ai remercié.

À ce moment-là, Prince semblait avoir la vie devant lui tandis que j'avais l'impression que la mienne s'achevait, et pourtant tout a fini par être si différent, salement, péniblement différent, me dis-je aujourd'hui. J'ai la chance d'être ici à La Havane, de vivre dans un appartement pas mal du tout, même si le mort m'a prévenue qu'il faut que je déménage car il va bientôt s'écrouler, j'ai gagné des prix et publié des livres dont je ne suis pas entièrement satisfaite mais j'y peux rien si je suis née à Punta Gotica dans un taudis microscopique, et si ma mère et moi n'avions parfois qu'un avocat à nous partager. « Je suis vivante », c'est ce que je me dis le matin quand j'ouvre les volets et regarde au-dehors les gens du quartier de La Víbora en chemin vers leur travail, pareils à des petites fourmis. « Je suis vivante et je rencontrerai bientôt quelqu'un », je me dis, mais avant, je me rendrai chez ce fichu Pablo, ce *mayombero* de merde, lui prendre le crâne d'Aramís, pour qu'il puisse s'élever et trouver la paix nécessaire. La paix dont nous avons tous besoin et sans laquelle rien n'existe. La paix que Prince n'a pas connue, lui qui a fait couler le sang de sa famille, et qui en d'autres temps aurait été un Rimbaud, un Ulrich von Hutten ou un François

Villon, mais qui en ce XXIe siècle n'est rien d'autre qu'un putain de malade.

J'en ai fini, je me tais. Je me regarde dans le miroir en silence. J'ai vécu de mes mots et aujourd'hui je les donne, ils ne sont plus à moi, mais à l'air, à cette cathédrale qui demeurera à Cienfuegos quand nous n'y serons plus, c'est à elle, à cette Cathédrale des noirs qu'appartiennent mes mots.

**Emilio Sánchez Vázquez,
directeur de la prison d'Ariza**

Nous avons appliqué le protocole qui conformément à la loi et aux directives nationales s'applique à tout détenu ayant été testé positif au VIH. Ce protocole prévoit le transfert vers le petit hôpital de la prison, dont le régime est bien entendu un peu moins strict qu'à Arizona 2, surnommée Le Requin. Il a réussi à s'évader. Ce n'est la faute de personne, et son cas n'était pas parmi les plus sévères. Un bon comportement lui aurait valu une remise en liberté dans les cinq ans environ, c'est pourquoi cette évasion a étonné tout le monde. Le bruit court que notre camarade Siria Gómez, l'une des infirmières qui était de garde la nuit des faits, serait impliquée. Toujours est-il que l'enquête n'a rien pu prouver, et la camarade a réintégré son poste sans problème. Le comportement du dénommé David King Stuart Álvarez durant sa période de réclusion à Arizona 2, peut être qualifié de très mauvais. Il s'est bagarré avec un détenu de longue date et a provoqué plusieurs mêlées par son comportement rebelle. C'était un élément incapable de s'adapter à la discipline.

Le Grillon est venu me trouver pour me proposer de partir avec lui : Luisa, sa fiancée espagnole, était d'accord pour se marier, et un de ses frères à elle me ferait une lettre d'invitation pour qu'on atterrisse à Madrid ensemble tous les trois, on s'y installerait, parce que les bars de Madrid sont les meilleurs au monde, comme dit Joaquín Sabina dans beaucoup de ses chansons.

— T'es fou ou quoi ? je lui ai répondu, Antón a des contacts en Espagne, au cas où tu serais pas au courant ; si je partais, tu réaliserais ce que représente le pouvoir de la mafia russe dans le monde.

— Putain ! s'est-il exclamé.

— Je suis une esclave du Russe, lui ai-je dit, et je lui ai de nouveau montré le scorpion que le Russe nous avait tatoué, à moi et à toutes les filles qui travaillaient pour lui afin qu'on n'oublie pas d'où on venait, et je lui ai aussi raconté que le Russe avait juré qu'il m'arracherait les yeux si je l'abandonnais, et qui voudrait d'une noire aveugle ?

— Moi. D'ailleurs, le Russe je m'en bats les couilles, il est fini. T'as qu'à voir comme mon père l'a rétamé, si j'avais pas été là pour être coffré à sa place, il serait au Requin à l'heure qu'il est, à souffrir le châtiment de Caïn, parce que c'est Nacho les Babouines qui commande là-bas, et lui, il en a rien à foutre du Russe.

— À propos, qu'est-ce que tu fais ici dehors ? Ils t'ont donné une permission ?

— Je me suis évadé, il a répondu, alors je me suis levée de mon lit, et toute nue comme j'étais, je lui ai demandé de partir, j'avais assez de problèmes comme ça pour m'en rajouter.

— Pardon, je lui ai dit, mais ne viens plus jamais ici… Le Russe a trouvé un autre gars avec une grosse bite, on a plus aucune raison de continuer à se voir.

Il m'a regardé depuis le lit avec ses petits yeux désemparés de gamin à qui on a confisqué son jouet, et il m'a fait de la peine, un peu. Je reconnais que j'ai été dure avec lui, mais pour survivre dans cette jungle d'asphalte il faut être d'acier, et aujourd'hui je ne regrette pas la façon dont je l'ai traité, surtout depuis que je sais qu'il s'était fait inoculer le VIH et qu'il a eu le culot de venir me voir, ce sacré fils de pute. Il a gâché ma vie, parce que même s'il a mis un préservatif, il y a des gens qui croient que j'ai le sida et me regardent de travers, et merde, moi je viens de l'Oriente, je peux pas rentrer chez moi en claquant des doigts. À Guantanamo c'est la merde, et j'ai beau avoir quelques petites économies j'ai beaucoup dépensé pour entretenir ces quatre murs que le Russe a fini par me céder.

Quand je lui ai demandé de partir, il a fait mine de me frapper mais il s'est retenu à temps. Il avait beau être grand et tout ce que tu veux, s'il avait levé la main sur moi je lui aurais fracassé le crâne. Je me laisse frapper par personne moi, pas même par Antón, l'homme qui m'a entretenue quand j'ai débarqué ici une main devant, une main derrière. Alors, certainement pas par lui, qu'a rien fait d'autre que de baiser avec moi depuis qu'on s'est rencontrés. Du plaisir, cent pour cent plaisir et business, c'était ça le truc entre nous. Mais en réalité les gens de Camagüey et d'Oriente n'ont rien en commun.

Pendant la guerre d'Indépendance, entre les troupes de Carlos Manuel de Céspedes et celles d'Ignacio Agramonte ça se frittait plus qu'entre les mambises, les guérilleros indépendantistes, et les Espagnols.

Au moment de s'en aller, il m'a dit que si je l'aimais pas il allait se passer la corde au cou.

— Fais comme tu voudras, mais n'oublie pas que ce n'est pas digne d'un homme, et que ce genre de folie, ce sont nos mères qui en souffrent le plus.

— Rends-moi le livre de mon frère.

— Non, j'ai dit, c'est toi qui me l'as offert.

Mais après, en réfléchissant, je me suis dit que j'avais pas intérêt à ce qu'il me fasse une scène, alors j'ai pris le petit recueil de poèmes et je lui ai donné, en lui disant que de toute façon il était en vente en librairie et que j'avais pas besoin de ses cadeaux, j'ai réuni tous les vêtements et les montres qu'il m'avait offerts et je les lui ai jetés à la figure, puis il m'a attrapée et m'a embrassée de force sur la bouche, j'aurais pas dû le laisser faire parce que ce gros pédé avait le sida, mais je ne le savais pas, quoique maintenant j'en conclus que c'est comme un rhume le VIH, tout compte fait c'est un virus, parfois tu le chopes et parfois non. « Je m'en vais », a-t-il ensuite déclaré, « à jamais », et il est sorti par cette porte, je ne l'ai plus revu jusqu'à aujourd'hui. J'ai eu des nouvelles grâce à la télévision et à sa lettre. En effet, quand il ne lui restait plus que très peu de temps à vivre – car il avait refusé de suivre un traitement –, il m'a écrit une lettre d'adieu, on ne m'a jamais rien écrit d'aussi beau de toute ma vie, je la garde encore avec moi et je la lis uniquement quand je suis déprimée, mais vraiment déprimée.

Je ne suis pas allée à l'enterrement, le Russe m'en a empêchée, il m'a dit que ce serait déplacé. J'aurais aimé y aller, pour qu'il n'affronte pas la mort aussi seul qu'il a vécu. Je sais ce que c'est, de n'avoir à ton enterrement aucun visage n'ayant pour toi ne serait-ce qu'un peu de considération. Il paraît qu'il était méconnaissable à l'intérieur du cercueil, maigre et abîmé comme le squelette d'une momie. Quel gâchis ce garçon, mais la vie est ainsi faite, brutale comme la vraie vodka, pas comme cette merde qu'on trouve parfois au centre commercial. Moi il se peut que j'aille en Russie, le Russe me l'a promis. « Mais vraiment en Russie, je lui ai précisé, pas en Ukraine ou quelque chose dans le genre » et, Antón l'Abramovich, qui, même si la police a fermé plusieurs de ses magasins, a encore un paquet de fric, m'a dit :

— Pas de problème, on va droit jusqu'à Moscou, tu vas adorer le Kremlin et les nuits blanches de Saint-Pétersbourg.

— Et Margarita et tes enfants ? ai-je sondé, parce que je suis pas une lâche moi, je sais respecter une autre femme.

— Elles viennent avec nous bien entendu, a répondu le Russe, mais je vais t'adopter avant pour pas que Margot s'énerve, et que tu te fondes dans le paysage comme une petite black parmi d'autres, encore une dernière chose que tu peux pas me refuser : je veux que tu deviennes orthodoxe.

Putain, je me suis dit, guantanamera, et orthodoxe avec ça.

Je me promène sur les Ramblas, lentement, comme si je portais une chose très fragile, et cette chose n'est autre que ma propre vie. Aujourd'hui il y a un sacré boucan, le Real Madrid a été lamentablement éliminé, et les gens arrivent de toutes parts en klaxonnant et en criant : « Barcelone, Barcelone ! » Quand c'est comme ça sur La Rambla, je me sens l'homme le plus seul au monde. J'arrive chez moi, ma femme me prend dans ses bras, sa peau est aussi blanche que je l'ai toujours rêvée, et quand elle rit, on voit toutes ses dents, tellement blanches qu'elles ont l'air fausses, pourtant elles sont vraies, et ses yeux sont verts comme ceux de Yusimí, cette femme à laquelle je n'ai jamais goûtée. Non pas que je craignais le Russe, mais cette noire avait un cul à t'attirer les emmerdes, et j'avais pas l'intention de me laisser pourrir la vie. Puis arrivent José et Aitana, mes enfants, des jumeaux, qui me prennent eux aussi dans leurs bras et m'appellent negro. À Barcelone, j'apprécie qu'on m'appelle comme ça, du moment que c'est affectueux, contrairement à Cuba où je devais constamment défendre ma condition de noir. J'aime me savoir ici en Catalogne, bien loin de tout ça, et quand j'ai le mal du pays je vais voir la cathédrale de Gaudí qui me rappelle Cienfuegos, le quartier et les Stuart. Je me rappelle comment les fils ont tué leur propre père. Oui, je m'en rappelle, parfois ça me vient et je me dis : *Quelle bande de tarés !* et je me contente de ce genre de réflexions, mais à d'autres moments je pense que derrière tout ça il doit y avoir une explication qu'on n'arrive pas à comprendre faute d'avoir assez de cervelle. Tuer ton père et ta mère pour sauver ton frère du sida, quelle folie. J'ai toujours su que le Grillon haïssait son vieux, qu'il ne lui avait jamais pardonné la fois où il avait failli mourir sous la masse des coups qu'Arturo lui avait assénés sur le crâne quand il l'avait surpris en train de mater cette traînée de Maribel, qui doit être une vieille ignoble à l'heure qu'il est. Et Gélatine dans tout ça ? Ils lui ont jamais rien fait. Pas même effleuré avec un pétale de rose. Il a toujours été le garçon modèle. Le mieux habillé de la bande. Le Gringo lui a même laissé son scooter quand il est parti. Ça me dépasse. L'autre jour ici à Barcelone, j'ai vu Guido, l'Italien qui a été le premier mari de Johannes, et je lui ai posé la question. « Je sais pas », a-t-il dit, avec sa chemise à carreaux et son petit short, à faire son rocker assis sur une Harley-Davidson, entouré de minettes qui avaient la moitié de son âge. « Ne me parle de Cuba et de ses noirs, tout ça c'est derrière moi », a-t-il ajouté, et j'ai pas été loin de lui décocher une droite dans la bouche, mais je me suis retenu. Ça s'est passé sur l'avenue Diagonale, je suis remonté dans ma voiture et j'ai appuyé sur l'accélérateur, m'éloignant le plus possible dudit Guido. La mort vous fait ça. Elle vous attire comme le ferait la plus parfaite des femmes blanches, pas barcelonaise en l'occurrence, plutôt anglaise. Elle vous attire et vous emmène où elle veut, et là, quand elle vous tient, elle se marre. À eux deux, les frères Stuart, il leur est arrivé la même chose qu'à moi quand j'ai failli démolir un mec juste parce que le Gringo me l'avait conseillé. « Dérouille un vieux taulard, le Boyau, histoire de te faire une réputation » m'avait-il dit, et j'ai pas cherché plus loin, je suis allé trouver un type chez lui exigeant qu'il sorte dans la rue pour le poignarder. J'ai pas cherché plus loin. Donc eux non plus j'imagine. Le matin ou l'après-midi où le Grillon est venu voir Prince pour lui dire qu'il s'était injecté le sida et qu'il avait peur, ils sont allés ensemble chez le parrain de Prince dans le Palo Monte pour lui demander conseil, et il leur a dit ce qu'ils devaient faire : un travail magique avec du sang provenant d'individus au degré de parenté le plus proche possible. Ce matin-là, tout était déjà écrit, comme gravé dans la glace, de ce genre d'écriture indélébile, à bien y penser, je suis sûr que le parrain n'a jamais cru qu'ils le feraient. Il leur a sorti un de ces trucs qu'on dit en plein mois d'août, quand il fait très chaud, et que quelqu'un arrive pile au moment où tu voulais te reposer. « Faites ça », leur a dit le parrain dans toute sa terrible et foutue innocence, pensant qu'il s'adressait à des adultes, il faut dire qu'ils dépassaient facilement le mètre quatre-vingts, mais ils n'étaient que des enfants, des enfants mauvais comme nous tous, des enfants sans enfance, fils de la lutte et de la méchanceté.

Ibrahim

Rapidement, tout s'est brouillé. Le temple n'avait plus rien de bon et tout s'est brouillé. Dieu n'en voulait pas. Dieu ne voulait pas de cette cathédrale, et tout est devenu confus. Des braves gens sont morts parce que Dieu désapprouve l'arrogance humaine, il le dit dans de si nombreux psaumes que si je me mets à tous les citer on n'en finirait plus. Arturo Stuart est mort, et nous nous sommes dispersés comme seules peuvent le faire les tribus d'Israël, et nous avons compris alors que nous étions une tribu, la tribu perdue, et la cathédrale est demeurée seule, défiant le vent, servant de nid gigantesque aux oiseaux.

Elle demeura seule comme une fusée qui n'aurait jamais décollé, les noirs américains cessèrent de donner de l'argent et le Poder Popular de nous aider avec ses brigades de construction, ses camions et ses grues, pendant un temps il ne restait plus que nous, veillant à ce qu'on ne vole pas les pierres, le ciment, le sable, au cas où un nouveau signe de Dieu arriverait pour nous dire de poursuivre.

Mario García Pueblo, instructeur de police

Il devait être cinq ou six heures du matin. Je venais de terminer ma garde. J'avais dû avaler un Captopril car ma tension était au plus haut. Irene, ma femme, arrive en disant : « Mario, téléphone. » Je vais au salon et prends le combiné. J'entends alors une voix débiter : « Rapplique vite, le vieux Stuart s'est fait liquider. » J'ai pensé que c'était un coup des troupes de ce misérable vautour blond, le Russe, Abramovich. Mais une fois arrivé à la Centrale, on m'a dit qu'il y avait un témoin. C'était la femme de la victime, Carmen Álvarez. Elle soutenait que c'étaient ses propres enfants, les garçons. La fille faisait ses études à La Havane. « Va à Punta Gotica et relève les indices de la scène du crime », m'a ordonné le chef, je me suis rendu dans l'impasse où les voisins et camarades de religion du mort étaient déchaînés : ils voulaient lyncher quiconque leur paraissait suspect. Nous nous sommes vus contraints de solliciter l'intervention de plusieurs policiers d'infanterie pour pouvoir évacuer la zone et nous concentrer sur notre travail. Ce n'est qu'à dix heures du matin que nous avons pu procéder à l'investigation de la scène du crime.

La victime était dans la chambre à coucher conjugale, torse nu. Il avait une unique blessure au cou, portée à l'arme blanche, qui avait apparemment touché l'aorte. Après un examen sommaire, la température corporelle et les traces de sang indiquèrent que le décès avait dû se produire entre trois et quatre heures du matin. Pour finir, j'ai demandé au photographe de prendre les photos de rigueur et j'ai fait procéder à la levée du cadavre.

Les deux jeunes ont été retrouvés par la brigade de recherche et d'intervention tout près de la côte, alors qu'ils s'apprêtaient à voler une embarcation dans le but de quitter le pays. On a retrouvé sur eux vingt mille cent soixante-trois dollars.

La ville voulait les voir pendus, si bien qu'il s'est avéré nécessaire de faire appel à l'armée pour aider à les transférer au siège du Département technique d'investigation (DTI). Ils ont reconnu d'emblée leur culpabilité.

Ania Martínez Sainz, officier de la PNR

Elle se trouvait dans un état de nerfs indescriptible et on l'aurait été pour moins, elle venait de voir ses fils, ces créatures qui étaient sorties de son propre ventre, tuer leur père, et la maintenir attachée pour la tuer aussi. Je suis femme et mère, en plus d'être policière, je ne peux même pas imaginer de vivre un truc pareil. Cette femme délicate, assez jolie malgré son âge, ne parvenait pas, malgré tous ses efforts, à articuler un discours cohérent. Elle devait s'interrompre pour pleurer puis elle recommençait tout depuis le début. Sa déclaration a duré presque deux heures. Elle nous a dit qu'aux alentours de deux heures du matin, Samuel Prince Stuart Álvarez, son fils cadet, s'était présenté avec l'autre, le détenu, David King Stuart Álvarez, et qu'ils avaient l'air illuminés. Ils affirmaient qu'eux, les parents, devaient être sacrifiés pour délivrer l'humanité et débarrasser David King du sida, et qu'en tant que chrétiens, ils devaient bien le comprendre. Alors ils ont tué le père, Arturo Stuart, sans lui laisser le temps de réagir. D'autant que celui-ci aimait beaucoup Prince et n'arrivait pas à en croire ses oreilles. « C'est avec ça qu'il te bourre le crâne, l'autre ? » ont été les seuls mots qu'il est parvenu à prononcer avant que Prince ne lui tranche la gorge en criant : « Meurs ! »

Elle, ils l'ont attachée. Elle a réussi à s'enfuir parce qu'ils étaient drogués, ceci ne fait aucun doute, et que les liens n'étaient pas très serrés. Elle a fui tandis qu'ils prononçaient autour du corps de leur père les prières sataniques pour guérir David King du sida.

— Ce n'est pas leur faute, a-t-elle conclu, ils sont possédés par le démon.

Puis elle a éclaté en sanglots et personne n'a pu lui faire déclarer quoique ce soit d'autre.

Le parrain

Je lui ai jamais dit de tuer personne, c'est un mensonge. Je ne savais même pas que son frère avait le sida. Je lui ai seulement indiqué la manière dont les morts extirpent un mal aussi grand, et si je lui ai dit c'est parce qu'il me l'a demandé. Je n'ai rien à voir avec ce meurtre. La jeune femme, l'écrivaine, la Berta là, elle est venue jusqu'ici depuis La Havane, ça m'a beaucoup blessé. Elle a exigé que je lui remette le crâne d'un dénommé Aramís, « sinon je vais te dénoncer à la police », m'a-t-elle dit. Moi je possède le crâne de personne, mais je peux pas non plus m'amuser à retirer des éléments de la Nganga, sinon l'*efumbe* ne va pas apprécier et peut même me tuer. « Je suis le parrain de plein de gens, pas seulement du Gringo ou de Prince, c'est quand même pas ma faute si ces deux-là sont devenus des criminels ! Qu'est-ce que j'ai à voir là-dedans moi ? »

Le véritable coupable c'est le défunt Arturo Stuart, il a voulu narguer la nature et les dieux, et son propre Dieu lui a tourné le dos. Je ne comprends pas pourquoi c'est moi que vous venez voir. J'ai dit à Prince exactement la même chose qu'à la police, et que je dirai à quiconque vient me le demander : « Pour se sortir de maladies en phase terminale la recette consiste à apporter du sang du membre de la famille le plus proche, cette formule est née des *orixas* et vient du tréfonds des âges, qui suis-je pour y changer quelque chose ? » Voilà ce que j'ai dit et répéterai à qui veut l'entendre.

Araceli

En tout cas, ce que Berta ne saura jamais, c'est que Prince et moi étions amants, à l'époque j'étais avec les deux en même temps, elle et lui, parfois je lui disais que je devais me rendre à tel endroit, en fait c'était pour retrouver Prince, ensemble on a écumé les rares hôtels bon marché de Cienfuegos, et les plus chers aussi de temps en temps, car il me restait encore un peu d'argent, lui il en volait à son père, il me l'a pas dit mais je le sais, Berta n'en saura jamais rien, à moins que le mort le lui raconte, pauvre Aramís, il a plus jamais voulu me parler après sa mort, comme si j'étais coupable de quelque chose, comme si c'était moi qui lui avais dit « Va à Cienfuegos t'acheter une moto », comme s'il avait oublié la seule chose que je lui demandais, mon pauvre petit père, mort depuis si longtemps déjà : de me sauver de Ferreiro, mon mari, mais la vie est ainsi faite, désespérante. Je n'ai plus écrit une seule ligne depuis. Après avoir quitté Cienfuegos, ma source s'est tarie, et puis ça marche bien pour moi à la télé. « T'as une belle frimousse », disent les gens, et à force de l'entendre j'ai fini par y croire au moment même où je commence à vieillir et où tous les jours, quelqu'un de plus jeune et de plus beau fait son apparition. Je ne suis pas née pour être gouine. Jamais plus je ne pourrai assumer d'être la femme d'une autre femme. Je suis faite pour leur appartenir, pas forcément aux étrangers, mais à eux, aux hommes cubains, je suis faite pour ça. Je suis peut-être un peu masochiste, j'aime qu'on me maltraite, que voulez-vous. Actuellement, mon amant est un camionneur qui passe me voir chaque fois qu'il revient de Santiago de Cuba, où il travaille, et il me frappe, ni très fort ni au visage, mais il me frappe. J'aime ça, mais pas trop fort. J'aime qu'à la télé, personne ne supporte mon mec et qu'on me demande : « Araceli, comment une personne comme vous, si délicate, a-t-elle pu se mettre avec un abruti pareil ? » Alors, quand ça me prend, je les envoie se faire foutre dans le meilleur style de Cienfuegos. Je crois que nulle part ailleurs à Cuba on n'envoie les gens se faire foutre de façon si inventive, si étonnante. « Allez vous faire enculer », je leur dis, et c'est alors qu'ils comprennent qu'en matière de finesse, je me pose là, et qu'il y a pas plus grossier que moi. J'aime qu'ils le sachent, qu'ils soient prévenus. J'aime que personne n'attende rien de moi. « Je suis un cul parmi d'autres », je leur réponds quand ils me disent qu'un de mes derniers poèmes est paru dans telle anthologie. « Je n'ai pas donné mon accord », je remarque, c'est Berta qui les publie en mon nom, un jour où on a baisé comme des folles je lui ai offert tous mes poèmes. J'ai pensé : *Elle est complètement tarée*, parce que pour ma part je n'ai lu aucun de ses romans et n'ai pas l'intention de le faire. Ça ne m'intéresse pas, tout comme ses poèmes ne m'ont jamais intéressée. La seule chose qui m'importait en elle c'était tout bonnement elle, de même que chez Prince, c'était lui et rien d'autre qui m'importait. Même si je savais qu'il était méchant, plus méchant qu'un chien enragé, comme on dit chez moi. Un jour il m'a pissé au visage mais pas pendant qu'on baisait. Je dormais et je sens un jet chaud sur ma joue : c'était Prince urinant sur moi comme si j'étais un putain de WC. Ça s'est passé à l'hôtel Jagua, dans une chambre payée avec mon argent, je venais de le sucer pour lui faire plaisir, c'était pas ma tasse de thé, depuis toute petite j'ai toujours détesté me fourrer des trucs dans la bouche, malgré tout pour me prouver son grand amour et son estime il a fallu qu'il me pisse à la figure, car il savait, lui, que j'étais aussi la maîtresse de Berta et qu'elle aimait mon visage, c'est pour ça qu'il l'a fait, pour l'humilier. Il était méchant, je le répète, sinon, il n'aurait pas commis ces horreurs alors qu'il avait la vie devant lui. À l'heure qu'il est, Prince serait un dieu de la poésie, je le sais car même si je n'écris plus, je lis beaucoup. Il se fichait de l'avenir parce qu'il se haïssait lui-même. C'est faux, il n'aimait pas autant son frère qu'on le dit, ce fou qui s'est fait inoculer le sida en prison pour revoir cette pute à deux balles de Yusumí, et qui ensuite, quand elle n'a pas voulu de lui, n'a pas eu le courage de faire face et de se dire à lui-même : « J'ai le sida et je reste le plus digne des hommes », il est allé trouver l'autre pour qu'il le sorte de ce pétrin, et qu'ont-ils trouvé de mieux à faire ? Le comble : tuer leur père pour guérir du sida tout en faisant mariner leur mère, la grande idée.

J'ai l'autorisation officielle pour l'achat d'une nouvelle voiture alors quand j'aurai vendu cette Fiat polonaise de merde, je compléterai avec les dollars qu'il faut et je l'achèterai. L'argent que j'ai aujourd'hui je le dois à plusieurs groupes de salsa et de reggaeton qui m'ont payée en échange de la pub que je leur fais dans mon émission. J'ai mis quatre ans, mais ça y est, j'ai mes quinze mille dollars. Un de ces jours, j'irai chez le concessionnaire me payer une Peugeot ou une Audi. Pas une de ces merdes chinoises qui inondent le marché. Je veux une voiture élégante et européenne qui me rajeunisse. Quand je l'aurai achetée j'irai voir Berta, et si je suis d'humeur, je la laisserai m'embrasser, et si je suis toujours d'humeur, je tolérerai qu'on couche ensemble et qu'elle déverse sur moi toute sa frustration de romancière, qui malgré tous ses livres publiés est à court d'argent et vit encore dans un appartement du quartier de la Víbora. Je la laisserai parler, puis quand j'en aurai assez de servir de mur des lamentations, je lui dirai : « Tu te souviens quand t'es venue me voir avec tes petites baskets bon marché, ton visage famélique et tes yeux exorbités, on aurait dit une folle, tu me parlais des vœux d'un mort ? Tu te souviens ?

T'as toujours été une pauvresse », je conclurai pour voir si elle ose me donner une gifle, parce que ça fait longtemps qu'on ne me frappe plus fort pour de bon. Même le camionneur a peur de moi, la dernière fois je lui ai dit que s'il s'avisait de me refrapper j'allais lui botter le cul. Prince, en voilà un qui savait frapper. Il frappait bien et comme il n'aimait pas qu'on l'appelle Michael Jackson, je criais : « À l'aide, Michael me tue ! » alors il se mettait en furie. Un jour nous sommes allés chez un dénommé Edgar, qui louait une chambre dans un appartement sur le Boulevard de Cienfuegos, après avoir baisé il s'est endormi, c'est alors que j'ai pris le bloc-notes où il consignait ses poèmes et je l'ai brûlé. « Ça, c'est pour m'avoir pissé à la gueule », je lui ai annoncé quand il s'est réveillé. Il n'a rien dit. Il ne m'a pas précisé qu'il en possédait une copie, mais il a cessé de coucher avec moi. C'était comme si j'étais devenue invisible. Il ne me voyait pas, et pour me venger je me suis mise à coucher avec Héctor, un Argentin étudiant en médecine, mais c'est Berta qui en a pâti au final, parce qu'on fait tous ça, on commence par faire quelque chose et pour finir ça ne donne rien, tout reste en suspens. Je m'appelle Araceli, et il y a si longtemps que je ne vais plus à Cabaiguán que j'ai l'impression d'être née à Cienfuegos, où je ne suis en réalité arrivée qu'à l'âge de dix-huit ans, mariée à un plouc qui gérait une épicerie, et ayant pour amant un petit jeune de la campagne qu'un grand noir, surnommé le Gringo, a tué sans raison vu qu'il ne lui avait rien fait, un petit jeune qui a voulu s'acheter une moto à Cienfuegos et a fini dans le ventre des habitants de Punta Gorda, ce quartier huppé, où nous allions si peu, Berta,

Prince et moi quand nous étions amants, elle et moi les gens nous appelaient « pâte et pain, » lui et moi, « vanille et chocolat » car j'ai toujours été très pâle. Je l'appelais « sans cœur. »

Je lui disais :

— Prince, t'es sans cœur et tu n'aimes personne.

— C'est vrai, je n'aime personne.

— Même pas moi ?

— Même pas toi.

— Et ton père et ta mère ?

— Non plus.

— Et tes frères et sœurs ?

— Encore moins.

— Et la poésie ?

— La poésie c'est de la daube qui avec un peu de chance me rapportera de quoi vivre.

— Tu crois ? Personne n'en vit.

— Moi si, j'en vivrai, disait-il.

Puis quand le jeu me lassait, je lui posais très sérieusement la question, au point que j'avais les muscles du visage tout crispés :

— Et Dieu, Prince, tu aimes Dieu ?

Habituellement il se taisait, mais un jour il m'a répondu sans détours : « Dieu, moins que quiconque. » Était-il déjà fou à l'époque ? Je ne sais pas mais je ne crois pas, il avait simplement quelque chose d'un Achille, il était fataliste et savait qu'il allait dérailler comme l'avait fait le Gringo, son ami, son pote, et il a voulu le faire à sa manière, grandiose, folle et pragmatique. C'est l'homme le plus beau avec lequel j'ai jamais couché, même si cela ne veut pas dire grand-chose me concernant étant donné que j'aime les hommes laids. Les femmes en revanche, je les aime belles, comme Berta à quinze ans quand je l'ai connue, avec son cou svelte et ces cheveux frisés de noire qui encadraient son visage, ou comme Johannes, la célèbre peintre qui revient à Cuba pour la première fois depuis vingt ans pour recevoir la Distinction de la Culture Nationale, incroyable, ne serions-nous pas fous tous autant que nous sommes ? Je parie qu'ils vont me l'amener et m'ordonner comme à un chien de l'interviewer dans mon émission. Je le ferai bien sûr, je suis payée pour ça et grassement, je lui lâcherai deux ou trois banalités puis je lui demanderai, en la regardant droit dans ses yeux couleur carmélite clair : « Vous ne vous rappelez pas de moi ? » Si elle me répond non, je me ferai un plaisir, au risque de me faire licencier, de lui dire : « Eh bien moi oui, votre famille a construit une cathédrale à Cienfuegos qui compte parmi les choses les plus folles au monde, et votre frère, Prince, poète et qui plus est assassin, a été mon amant, je tiens à ce que vous le sachiez. » Ça m'est égal qu'ils suppriment mon émission, tout compte fait j'ai déjà l'argent pour la voiture, j'irai voir Berta, et nous partirons ensemble, nous balader, rien de plus, jamais, je le répète, je n'aurai le courage de m'assumer à nouveau comme la femme d'une autre femme.

Prince

Tout demeura alors à l'état de poème inachevé, comme une chose qui s'éteint sans qu'on puisse rien y faire, on y peut rien, et tout demeura là. On m'appelle, j'y vais. Ils me disent : « Prince, venez voir un peu ici », alors j'obéis, « Racontez-nous ce qui s'est passé qu'on rigole un peu, et puis chantez comme un coq et dites que c'est vous qui avez tué vos parents pour aller au bal des orphelins, dites-le Prince ou on vous lâche les chiens de nuit pour qu'ils viennent vous faire peur et vous raconter ce qui vous est arrivé, pourquoi vous êtes si méchant et si fou, racontez-le-nous mais depuis le début, parlez-nous de votre sœur Johannes, celle qui est riche, et de votre frère le Grillon, le queutard qui a chopé le sida, racontez-nous à quel moment un fou comme vous a eu l'idée de devenir poète, dites-nous tout petit Prince, sans rien omettre, ou alors vous verrez bien, vous êtes fou, vous le saviez ? Et au cas où, sachez-le : vous avez tué votre père. On a tous eu à un moment ou à un autre envie de tuer nos parents, mais vous, vous l'avez fait petit Prince, voilà pourquoi vous êtes ici jusqu'à votre mort et personne ne veut plus entendre parler de vous, personne, vous êtes perdu, petit Prince, perdu. Mais quelle idée de tuer sa mère ou son père, l'un ou l'autre c'est presque pareil ! Votre mère s'est enfuie parce qu'elle a défait la corde avec laquelle vous l'aviez attachée, et tout ça pour guérir votre frère du sida, comme si vous y teniez tant que ça, il a guéri peut-être ? Non, il est mort du sida en prison, il a eu cette chance, pas comme vous qui allez rester ici jusqu'à la fin de vos jours et ne sortirez par cette porte que les pieds devant, pour finir enterré dans une putain de tombe, un foutu trou sans nom, où personne ne se souviendra de vous, petit Prince, qu'on vous oublie à jamais, et à l'heure de votre mort, foutu poète cinglé, qui vous a dit qu'un noir avait le droit d'être poète ? À l'heure de votre mort, votre Dieu vous attendra, petit

Prince, ce Dieu auquel vous n'avez cessé de croire, il vous attendra pour se venger, car par votre faute la cathédrale est inachevée, aïe petit Prince ! Tenez bon, accrochez-vous à la vie autant que vous le pourrez parce que c'est pas rien ce qui vous attend, aïe petit Prince ! Putain de taré de noir, si vous vous rappelez un de vos poèmes, récitez-le-nous, et on vous donnera peut-être une ration de pain supplémentaire, on dit que votre frère, l'autre noir dingo, avait une bite à faire peur, c'est vrai ça petit Prince ? Faites-moi voir la vôtre, laissez-moi au moins la toucher. Si vous me laissez, je vous réduis la dose de comprimés, je vous promets, allez, laissez-vous faire.

Ben c'est pas mal du tout, vous êtes tous comme ça vous autres, avec une grosse bite juste pour le plaisir, petit Prince, juste pour le plaisir. »

Berta

Un jour les pigeons prendront possession de la cathédrale inachevée, l'inonderont de leurs ailes, et quand ce jour arrivera je serai à Cienfuegos pour le voir. Puis le temps passera, je mourrai, et ceux qui ont vécu cette époque mourront avec moi, mais les photos resteront. Puis les photos mourront, et mourra quiconque était capable de déchiffrer ce qu'était un visage humain, plus tard la chaleur augmentera et Cuba toute entière demeurera sous les eaux, et avec elle la cathédrale, mais ensuite, quand tout aura séché, que plus rien n'aura subsisté, et que les voyageurs extraterrestres débarqueront, comment sauront-ils que cette cathédrale n'a jamais pu être terminée ? Ils penseront qu'elle a un jour été le temple majeur d'une ville où des êtres ont vécu heureux et qu'à travers ses couloirs ont couru les enfants des fidèles, et le temps passant, sera-t-il vraiment si important qu'il n'en soit pas allé ainsi ?

*

MAIS AUSSI CHEZ BELLEVILLE ÉDITIONS

ZAHRA ABDI
La complainte de la limace

SOCORRO ACIOLI
Sainte Caboche

HAMDI AL-GAZZAR
Aux femmes

OSSAMA ALAYSSA
Les fous de Bethléem

IULIAN CIOCAN
Le royaume de Sasha Kozak
L'empire de Nistor Polobok

LEYLÂ ERBIL
Une drôle de femme

DAMIR KARAKAŠ
Blue Moon

MONIKA KOMPANIKOVA
Le cinquième bateau

FUTHI NTSHINGILA
Enrage contre la mort de la lumière

OLUMIDE POPOOLA ET ANNIE HOLMES
Brèches

CORINA SABAU
Et on entendait les grillons

JEAN-CHAT TEKGYOZYAN
La ville en fuite
Troisième Sexe

LATIFE TEKIN
Dérives

AGATA TOMAŽIČ
Ce que l'on ne peut confier à sa coiffeuse

SERAY ŞAHINER
Ne tournez pas la page
La coiffure de la mariée

EMRAH SERBES
Taksim Moonwalk

Corrigé par les fabuleuses Hania Jalkh et Hélène Boudinot.
Composé par la talentueuse Chloé Madeline.

Merci à toute l'équipe CPI
pour leur réactivité et leur professionnalisme.

Merci l'open source pour les typographies :
Gesine Todt, la créatrice de la typo Amaranth ;
Łukasz Dziedzic, le créateur de la typo Lato ;
Steve Matteson, le créateur de la typo Open Sans ;
Et Robert Slimbach, le créateur de la typo Adobe Garamond.

Imprimé en France en septembre 2021
Dépôt légal : octobre 2021
N° d'impression : 166188